समानांतर

OrangeBooks Publication

Smriti Nagar, Bhilai, Chhattisgarh - 490020

Website: **www.orangebooks.in**

© Copyright, 2022, Author

All rights reserved. No part of this book may be reproduced, stored in a retrieval system, or transmitted, in any form by any means, electronic, mechanical, magnetic, optical, chemical, manual, photocopying, recording or otherwise, without the prior written consent of its writer.

समानांतर

कुशल सिंह

OrangeBooks Publication
www.orangebooks.in

उन अपनों के नाम जिन्हें हम इस आयाम में खो चुके हैं, जिनकी नेमते अब तक हम पर बरस रही हैं... और जिनकी वजह से हम मुकम्मल हो सके।

समर्पण

वो कहते हैं कि दुनिया यह इतनी नहीं है, सितारों के आगे जहाँ और भी है, कि हम ही नहीं हैं वहाँ और भी है। जिस दुनिया में हम रहते हैं उस दुनिया के समानांतर कई दुनिया चलती हैं, जिसमें एक होती है हमारे ख्वाबों-ख्यालों कि आभासी दुनिया जिसमें जो हम नहीं होते हैं, जो हम नहीं हो पाये होते हैं, वो हो जाना चाहते हैं। इससे इतर आज का विज्ञान भी ये मानने लगा है कि हमारे साथ जो समानतार संसार चलता है वो हमारे कर्म से ज्यादा हमारी सोच और भाव से संचालित होता है। हमारे आस-पास हमारी ऊर्जा की त्रिआयामी तस्वीर बनती है, जो हमारी सोच और हमारे द्वारा उठाए जाने वाले कदमों से, जिंदगी में हमारे द्वारा किये गए चुनाव से बदलती रहती है। ये अदृश्य समानांतर संसार न केवल हमारी सोच को बल्कि हमारे भाग्य-भविष्य को भी बदलता रहता है।

पूर्वाभास का आभास लगभग हर व्यक्ति अपने जीवन में करता है। जैसे आपने अनेकों बार महसूस किया होगा जब आप किसी काम को प्रारंभ करते हैं तो कभी—कभी महसूस होता है कि आप वह काम पहले भी कर चुके हैं जबकि वास्तव में आप वह काम पहली बार ही कर रहे होते हैं और जब आप किसी नई जगह पर जाते हैं तो आपको महसूस होता कि शायद आप पहले भी वहां आ चुके हैं जबकि वास्तव में आप उस स्थान पर पहली बार ही आए होते हैं। और ऐसे अनेकों पूर्वाभास का अनुभव हम अपने जीवन में करते हैं। तो इन पूर्वाभास के पीछे का रहस्य क्या है? समानांतर ब्रह्माण्ड? ऐसा ब्रह्माण्ड जिसमें सबकुछ हमारे ब्रह्माण्ड की तरह ही है यहां तक की हम और आप भी। विशेषज्ञों की माने तो उस

समानांतर ब्रह्माण्ड में आप उस काम को पहले ही कर चुके होते हैं जिसे यहां आप करना प्रारंभ करते हैं समानांतर ब्रह्माण्ड की कुछ स्मृतियां कभी—कभी हमारे मस्तिष्क में आ जाती हैं जिससे हमें लगता है कि वह कार्य हम पहले ही कर चुके हैं या उस जगह हम पहले ही जा चुके हैं।

इन बातों के कोई प्रत्यक्ष प्रमाण तो नहीं हैं परंतु समानांतर ब्रह्माण्ड के द्वारा इसकी अनुकूल व्याख्या होती है जिस कारण लोग इसमें विश्वास करते हैं। हमारे सपने, इच्छाएं भी कहीं न कहीं इसी सिद्धांत का हिस्सा हैं। बहरहाल इस बात में चाहे कितनी भी सच्चाई हो अथवा न हो लेकिन ये बात तो तय है कि हमारी इस रंगीन दुनिया से परे एक दुनिया काले और सफ़ेद के बीच ग्रे शेड की भी होती है। इस ग्रे शेड के बीच सब कुछ सिमट के आ जाता है, चाहे वो आदमी के भीतरी मन की सोच हो, दबे-छिपे हुये चरित्र, सपने, इच्छायेँ या फिर शख्सियत। **'समानांतर'** ऐसी ही ग्रे शेड्स वाली कहानियों का पुलिंदा है।

ये कहानियाँ सच कहूँ तो मैंने खुद नहीं लिखी बल्कि मेरे मन की किसी अदृश्य आवाज द्वारा मुझसे लिखवाई गई हैं। ये कहानियाँ वैसे ही कागज पर उतरी जैसे शरीर से बुखार उतरता हैं, हर बार हर कहानी को लिखकर मैंने खुद को हल्का और तरोताजा महसूस किया। जिंदगी चॉइस का खेल है जैसी चॉइस वैसी लाइफ।

जो चाहोगे उसी के इर्द-गिर्द आपकी दुनिया की बुनावट शुरू हो जाएगी, लेकिन चॉइस और चाहत हमेशा सही नहीं होती, इसी की कहानी कहेगी आपसे **'समानांतर'**।

इसके चरित्रों और कथानक में समाज के भटकाव, दर्द भरे पागलपन, सनक, उम्मीदें, अवसाद, मन की भयावहता और वो बेचैन खोजें

मिलेंगी, जिन्हें हम आस पास घटता तो जरूर देखते हैं लेकिन उसके पीछे की कहानी को समझ नहीं पाते हैं। इसकी हर कहानी अप्रत्याशित, विचित्र और अकल्पित है। अलग-अलग कथानकों के इस पुलिंदे में बहुत तरह के स्वाद मिलेंगे जो आपके होंठों पर कसेलापन छोड़ कर जाएंगे। आप इसे पसंद करें या नकार दें अब ये आपके हाथों में।

आपका
कुशल सिंह

लगता है आज हर इच्छा पूरी होगी...पर मज़ा देखो...आज कोई इच्छा ही नहीं रही।

-देव आनंद, गाइड

अनुक्रमणिका

1 हादसे जो हर रोज होते हैं...................1

2 टोनी मोंटाना 15

3 जेहन 39

4 न्यूज़-पेपर 61

5 ड्रीम वीवर 66

6 प्रेमलीला...................101

7 डैनी की दुकान...................114

8 झगड़ा...................119

9 दरिंदगी और बेबसी का कोलाज 128

10 बर्बाद आरज़ू की परी...................141

11 फकीर...................150

"Wonder is the beginning of wisdom."
"आश्चर्य ही बुद्धिमानी की शुरुआत है।"

सुकरात

1

हादसे जो हर रोज होते हैं

अरिस्टोफेंस ने प्लूटो के सेमिनार में बताया था कि प्राचीन दुनिया के लोगों में एक किवदंती थी- दुनिया में तीन तरह के लोग होते थे। कम से कम यूनान में तो ऐसा ही मानना है कि तब लोग बस आदमी और औरत नहीं होते थे बल्कि वो आदमी-आदमी, आदमी-औरत, औरत-औरत होते थे। कहने का मतलब ये था कि हर एक आदमी, दो आदमियों से मिलकर बना था। सब इस इंतजाम से खुश थे और किसी को कोई शिकायत नहीं थी। पर किसी दिन न जाने उनके किस पाप से नाराज होकर भगवान् ने अपनी कटार से उन सब को बीचो-बीच से चीरकर एक दूसरे से अलग कर दिया। तब से दुनिया में लोग आदमी और औरत बनकर अलग-अलग हो गए और तब ही से लोग अपने आधे गुम शरीर के लिए किसी बेचैन खोजी की तरह जीवन भर यहाँ वहां भागते रहते हैं।

उस दिन लड़का अपने आधे हिस्से को खोजते हुए नहीं बल्कि शराब को खोजते हुए उस जगह पहुंचा था। जगह पूरी भरी हुयी थी। शराब कितने लोगों को कुछ देर के लिए अपनी खोज से छुटकारा दिलाने का माध्यम है, ये उस बार की भीड़ को देखकर आसानी से समझा जा सकता था। उसे कोई टेबल नज़र नहीं आई तो बैरे ने उसे कोने की टेबल पर लेजाकर बिठा दिया जहाँ एक अजीब सा दिखने वाला आदमी पहले से बैठा हुआ

था। लड़के ने अपने ड्रिंक उठाया और रंगीन पानी के पार सामने बैठे हुए उस अजीब आदमी को गौर से देखा। उसकी आँखें मगरमच्छ जैसी ठण्डी थी... सुर्ख खूनी लाल ठंडी आँखे और चेहरे पर एक न पढ़ी जा सकने वाली त्रासदी फैली थी। ऐसी त्रासदी जैसी की महाभारत के युद्थ के बाद कुरुक्षेत्र के मैदान पर फैली होगी वो कुरुक्षेत्र जो 18 दिन तक हजारों लाखों लोगों की पीड़ा का गवाह बना होगा। या फिर यूँ कहिये कि ऐसी त्रासदी जैसी की परमाणु बम के बाद हिरोशिमा में फैली होगी। उसका चेहरा किसी त्रासदी का गवाह था। कभी-कभी मौत का गवाह होना, मरने वाले शख्स से भी ज्यादा पीड़ादायक होता है। उसके माथे पर इतनी सारी लकीरें थी, जिनको गिन पाना लगभग नामुमकिन था। लम्बे बिखरे बाल, हलकी बढ़ी हुयी दाढ़ी, घनी मूंछे और सारे बाल आधे काले-आधे सफ़ेद, और एक पुराना सा कोट। कुल मिलाकर बहुत ही अजीब हुलिया था।

उसके गिलास में सिर्फ और सिर्फ शराब थी, न पानी, न सोडा और न बर्फ। और शराब भी इतनी थी के तीन-चार पटियाले समा जाएँ। वो शख्स उस लड़के को ही घूर रहा था। लड़का थोड़ा असहज हो उठा और सहज होने की कोशिश करते हुए उनसे उस आदमी को हेल्लो कहा।

मगर उस आदमी का घूरना जारी रहा।

‘जी मैंने हेल्लो कहा’

आदमी ने सिर्फ अपना सर हिलाया,

‘जी मेरा नाम वरुन है, आपका?’

लड़के ने हाथ मिलाने के लिए बढाया आदमी ने हाथ तो बढ़ाया मगर मिलाया नहीं बल्कि उसका हाथ खींचकर उसकी हथेली खोल कर किसी ज्योतिष की तरह देखने लगा। वरुण ने सहम कर अपना हाथ खींच लिया।

'माफ़ कीजिये मैं तो सिर्फ आपका नाम पूछ रहा था...'

'आज थोड़ी गर्मी ज्यादा है न। पानी भी कई दिन से नहीं गिरा है' उसने माहौल हल्का करने लिए ऐसे ही कहा आदमी अभी भी चुप था और उसे अजीबी तरीके से देख रहा था।

'आप हमेशा ऐसे ही नीट पीते हैं या आज कुछ स्पेशल...?'

'अश्वत्थामा' पहली दफ़ा उस आदमी के मुंह से कुछ फूटा,

''अश्वत्थामा??' "ये क्या है?"

'मेरा नाम'

'थोड़ा अजीब नाम नहीं है किसने रखा?' लड़के ने पूछा,

'मैंने खुद ने'

'खुद ने? इतना अजीब नाम क्यूँ? मतलब कुछ और भी नार्मल सा रख सकते थे'

'अश्वत्थामा इसलिए कि क्यूंकि वो कभी नहीं मरता। बस सब कुछ देखता रहता है चुपचाप जो भी घट रहा हो इस दुनिया में। मैं भी वैसे ही सब कुछ बस होते हुए देखता रहता हूँ, कुछ कर नहीं पाता। वैसे तुम मुझे बिच्छी भी कह सकते हो। लोग इस आसमानी बला को इसी नाम से

जानते हैं' उसने एक घूँट भरकर कहा उसके इस अजीब से बर्ताब से कोई भी डर सकता था और उसको भी डर तो लग ही रहा था लेकिन फिर भी अपनी सिरहन को दरकिनार करते हुए उसने नार्मल होकर पूछा 'तो बिच्छी जी क्या करते है आप' 'सवाल ये नहीं है कि मैं क्या करता हूँ सवाल है कि तुम क्या करते हो? ये जगह तुम्हारे जैसे लोगों के लिए नहीं करती है यहाँ कैसे आये' उसनेपूछा 'म्मम्म मैं..मैं एक लेखक हूँ। कुछ सूझ नहीं रहा था तो यहाँ ऐसे ही कुछ मटेरियल की तलाश में आया हूँ' लड़के ने लगभग मिमियाते हुए कहा 'ओह! तो तुम कहानी ढूंढ रहे हो' उसने जोर का ठहाका मारा. 'कहानी ढूंढ रहे हो' वो एक दम चुप हो गया और टेबल पर झुकते हुए करीब आकर बोला, 'कैसे लेखक हो इतना भी नहीं जानते कि कहानियां खोजी नहीं जाती बल्कि वो खुद तुम्हें ढूँढते हुए चलकर आती हैं' लड़के को फिर डर की मितली सी आई और उसने अपनी सहम छुपाने के लिए सिगरेट निकाल ली और उसे सिगरेट ऑफर की। जब तक लड़का माचिस को जलाकर कर सिगरेट सुलगाता तब तक उसके मुंह पर सिगरेट का ढेर धुयाँ आकर टकराया। ये धुयां बिच्छी की सिगरेट का था। उसके पास न माचिस थी न लाइटर पता नहीं कैसे उसने इतनी जल्दी सिगरेट सुलगा कर धुयां भी बाहर कर दिया था। वो अजीब तरीके से मुस्कुरा रहा था और उसकी आँखें अब और भी ज्यादा लाल हो गयी थी। लड़का अब थोड़ा और डरा।

'शादी हो गयी तुम्हारी?' उसने लड़के से पूछा...

'जी..जी अभी नहीं'

उसने लड़के की आँखों में झांकते हुए कहा, 'तुम्हें मालूम है यूनान में लोग मानते है कि दुनिया में तीन तरह के इंसान होते थे। आदमी-आदमी, आदमी-औरत, औरत-औरत। हर एक आदमी दो आदमियों से मिलकर बना था। फिर एक रोज भगवान ने सबको बीचो-बीच से काटकर एक दूसरे से अलग कर दिया। तब से दुनिया में लोग आदमी और औरत बनकर अलग-अलग हो गए और तब से ही लोग अपने आधे गुम शरीर को पागलों की तरह जिंदगी भर खोजते रहते हैं।' एक पफ खींचकर उसने कहा, 'ज्यादातर लोगों को मालूम ही नहीं होता कि वो क्या खोज रहे होते हैं। लोग अपने उस आधेपन की तलाश में मोक्ष खोज रहे होते हैं। ज्यादातर ऐसे ही मर जाते हैं कीड़े-मकोड़ों की तरह केवल कुछ ही वो हिस्सा खोज पाते हैं और पहुँच पाते हैं मोक्ष तक' लड़के का दिमाग घूम गया वो सोच रहा था कि इस पागल आदमी को इतनी गूढ़ बात कैसे पता है।

तब तक वो फिर बोला, 'अपने आधे हिस्से को सही से खोजना। अगर गलत हिस्सा खोज कर खुद को उससे जोड़ लिया तो जिंदगी भर बेचैन ही घूमते रहोगे, और मर जाओगे फिर किसी शहतूत की मौत' उस आदमी की बातें और बर्ताब उसके हुलिए से कहीं ज्यादा खतरनाक था। वो लड़का उठकर भाग जाना चाहता था. उसने अपना गिलास खाली किया और चलने के लिए जैसे ही उठा...

'कहाँ जा रहे हो? बैठ जाओ' वो आवारा बादल की तरह गरजा अब लड़के में उठकर भाग जाने की ताकत नहीं थी। वो चुपचाप मंत्रमुग्ध सा बैठ गया।

बिच्छी ने बैरे से और शराब मंगवाई। उसका ग्लास तीन चौथाई सिर्फ शराब से भरा था और लड़के का वोही 60ML. लडके ने चुपचाप अपने गिलास में पानी मिला लिया और बिच्छी ने ऐसे ही नीट गिलास हवा में पीने के लिए उठाया।

'कहानी खोज रहे हो न. चलो मैं तुमको एक कहानी सुनाता हूँ' बिच्छी ने कुछ गंभीर होकर कहा लड़का शांत होकर कहानी सुनने लगा।

'कुछ चीजें यकीन की दुनिया से परे होती हैं कुछ ऐसी ही ये कहानी भी है। ये बात तब की है जब मैं 14 बरस का था। उस दिन मेरा जन्मदिन था। उस दौर में लोग केक नहीं काटते थे, पार्टी के नाम शराब नहीं उड़ेली जाती थी। हम लोग ऐसे मौकों पर मंदिर जाते, दान करते या फिर बहुत हुआ तो नदी नहाने जाते थे। मैं अपने घर वालों से बिना पूछे दोस्तों के साथ गंगा नहाने गया था। जब हम पानी में नहाने जा रहे थे तो किसी ने हमको वहां जाने से मना किया लेकिन हम कहाँ किसी की बात मानने वाले थे। हम लोग पानी में उतर गए, देर तक हम पानी में नहाते रहे और मस्ती में शायद उस गहरायी तक पहुँच गए जहाँ से हम बच्चों के लिए पार पाना मुश्किल था। हम लोग बहाव में बहने लगे और मेरे दोस्त एक-एक कर डूबने लगे। हममें से कोई भी अच्छा तैराक नहीं था और मैं तो बिलकुल भी तैरना नहीं जानता था नहीं लेकिन फिर भी मैं सबसे आखिरी मैं डूबा। जब मैं डूब रहा था तो मेरी चेतना भी धीरे-धीरे करके डूब रही थी। वो बहुत ही भयानक पल था। बस आहिस्ता-आहिस्ता मौत को देखते रहो और जितना पानी से लड़ने की कोशिश करो मौत उतनी ही तेजी से आती है। पानी नाक और मुंह से होते हुए फैफड़ों तक जा रहा था और धीरे-धीरे करके मैं शांत और सुन्न पड़ गया। मैं शायद मर चुका था या शायद मरने वाला था या शायद कहीं न कहीं जिन्दा था। गंगा ने

मुझे अपने अन्दर ले लिया था। क्या तुम्हें मालूम है गंगा ने अपने पहले सात बेटों को खुद ही लील लिया था।'

'आगे क्या हुआ आप जिन्दा कैसे बचे?'

कुटिल मुस्कान लिए हुए बिच्छी बोला 'पता नहीं, जब मेरी आँखें खुली तो मैं एक किनारे पड़ा हुआ था। सुनसान किनारे अकेला एक दम अकेला। मुझे नहीं पता मेरे दोस्तों का क्या हुआ। मैंने किसी अखवार में पढ़ा कि गंगा में नहाते वक़्त 4 लड़कों डूब गए। तीन का शरीर मिल गया था और चौथे की तलाश जारी थी। वो चौथा मैं था।'

कहते कहते वो रुक गया। एक दम सिगरेट का खींचकर वो फिर से बोलने लगा।

'जब तुम अपनी जिंदगी में ऐसे किसी तूफ़ान में फंसते हो तो तुम उससे किसी भी तरह पार पा जाना चाहते हो। चाहे फिर वो कितना भी भयावह, कितना भी खतरनाक हो। ऐसा तूफ़ान तुम्हारे शरीर को हजारों तलवार से चीर कर रख देता है, लेकिन जब तुम उस तूफ़ान से गुजर कर बाहर निकलते हो तो तुम सांप की तरह एक केंचुली उतार कर नये शरीर में आ जाते हो जाते हो तब तुम वोही पुराने आदमी नहीं रहते जो उस तूफान में फंसे थे बल्कि वो एक नया अवतार होता है। मैं भी एक नए अस्तित्व में उस नदी से बाहर आया था। लेकिन मौत को इतनी नजदीक से देखने के बाद मुझमें इतनी हिम्मत नहीं बची थी कि मैं घर वापस जाकर अपने घरवालों का सामना कर पाऊं और कम से कम बाकी लड़कों के घरवालों के सारे सवाल के जबाब दे पाऊं.' वो अब फिर से चुप हो गया था।

‘फिर..फिर आगे क्या हुआ’ लडकें ने बहुत बेचैन होकर पूछा जैसे वो भी उस कहानी का हिस्सा हो ‘मेरे पास वापस जाने के न पैसे थे और न बदन ढकने के लिए कपड़े। ये उस जमाने की बात है जब हम जैसे लोग टेलीफोन जैसी चीज से दशकों दूर थे। तब मैंने कुछ दिन ऐसे ही गुमनाम रहने का फैसला किया। कई महीनों तक मैं गंगा के घाट पर पड़ा रहा। मैं वहीँ घर पर कुछ-कुछ काम खोज लेता जिसमें मैं कम से खाना तो जुटा सकूँ और फिर खाली वक़्त में, मैं खोजता रहता अपने गुम हो चुके दोस्तों और अपनी चेतना को फिर एक रोज जब में एक बस में अपने घर जाने लिए चढ़ा तो मैंने देखा की 4 लड़के बस में से उतर कर गंगा नहाने जा रहे थे। उनकी शक्लों से लगा वो हम लोगों की तरह चोरी छिपे घरवालों की इजाजत के बिना वहाँ आये हैं और जानते हो सबसे ज्यादा अजीब बात क्या थी?’

‘ककक्क क्या थी?’ लड़के ने पूछा...

इस बार बिच्छी एक फीकी सी मुस्कान देकर बोला, ‘उनमें एक लकड़े का चेहरा बिलकुल मेरे जैसा था’

ये सुनकर लड़का डर से ऊपर से नीचे तक काँप उठा।

‘मुझे जैसे फिर किसी अनहोनी का अंदेशा सा हुआ। मैं उनके पीछे पीछे चल पड़ा। जब नहाने के लिए पानी में उतरने लगे तो मैंने चीखकर कहा, ‘वहां पानी में मत उतरना। वहां मत जाना नहीं तो बहुत बुरा होगा’ ‘लेकिन लड़के मेरी बात अनसुनी करते रह। जब मैंने अपनी शक्ल वाले लड़के का हाथ पकड़ कर उसे समझाने की कोशिश की और उसे समझाया की वहां मत जा वहां मौत तुम्हारा इन्तजार कर रही है। तुम तो बच जाओगे लेकिन तुम्हारे दोस्त नहीं बचेंगे’।

‘वो लड़का तुम्हारा चेहरा देख कर चौंका नहीं था क्या?’ लड़के ने पूछा ‘ये और भी अजीब बात थी। मैं उस लडकें में अपना चेहरा देख पा रहा था लेकिन उस लड़के को मुझ में अपना चेहरा नहीं दिख रहा था’ ‘तो क्या उन लोगों ने तुम्हारी बात मानी’ लड़के ने बिच्छी के हाथ से सिगरेट लगभग छीनते हुए कहा ‘कभी-कभी हमें दूसरों की बात मान लेनी चाहिए लेकिन समझाने से ही अगर लोग मान जाते तो कृष्ण क्या कभी महाभारत होने देते। उस लड़के ने मेरा हाथ झटक दिया और वो चारों पानी में उतर गए। वो पहली और आखिरी दफा था जब में जीवन डरा था। जिस हादसे से उबरने में मुझे इतना वक़्त लग गया था, उस हादसे को मैं एक बार फिर से देखने जा रहा था। मैंने आस पास के लोगों को चेताने की भी कोशिश की लेकिन उन लोगों ने मुझे पागल समझ कर भगा दिया और मेरी बात नहीं सुनी। वैसे भी दुनिया के सारे लोग काली सूचनाएं देने वालों को शराबी या पागल समझ कर ख़ारिज कर देते हैं। मैं बस अब इंतज़ार कर रहा था उस मंजर का, अपने सामने होने वाली मौतों का। एक बार फिर से खुद को डूबते हुए देखने का और अपने दोस्तों की मौत का।’

उसने सांस लेकर फिर से कहानी शुरू की ‘जैसा मुझे पता था एक बार फिर वही हुआ। एक एक कर सब डूबने लगे। लेकिन इस बार एक और बात पहले से ज्यादा अजीब हुयी’।

‘क्या अजीब बात हुयी?’ लड़के ने अधीर होकर पूछा...

‘मुझे अच्छे से पता था कि मेरे जैसा दिखने वाला लड़का मरेगा नहीं। लेकिन इस बार गंगा में से चार लाशें बरामद हुयी। मैं डूब कर मर चुका था’ वो इतना बोल कर चुप हो गया उस लड़के की रीढ़ के निचले सिरे से ऐसी सिहरन हुयी जो पूरे दिमाग तक कोंध गयी। बिच्छी से लेकर जो

सिगरेट उसने पी थी वो उसे लगभग सुन्न किये दे रही थी या फिर वो डर था जो उसे सुन्न किये दे रहा था। उसे लगा जैसे वो किसी भूत के सामने बैठा है। वो कुछ भी बोल पाने की स्थिति में नहीं था।

बिच्छी ने फिर से बोलना शुरू किया, 'अपनी लाश सामने देखकर मैं घर जाना भूल बैठा। और फिर एक बार फिर मैं गुम हो गया। बदहवासी में मैंने गंगा किनारे जाकर पानी से अपना मुंह धोया। पानी एक दम साफ़ था आईने की तरह। मैंने पानी में झांककर देखा तो पाया मेरे माथे पर एक लकीर सी खींच गयी थी जैसे वो कोई चिंता की लकीर न होकर किसी हादसे..किसी त्रासदी की गवाह हो। तब मेरे माथे पर बनी वो पहली लकीर थी'।

उस दिन के बाद लगभग हर रोज मेरी आँखों के सामने किसी श्राप की तरह एक हादसा घट जाता। मैं शांति तलाशता और सोचो मुझे क्या मिलता कानों में गूंजने वाले श्राप की भविष्यवाणी जो मेरे दिमाग के भीतर छुपे हुए किसी रहस्यमयी बटन को दबाती रहती। कभी मैं किसी औरत में खुद का चेहरा देखता तो कभी किसी आदमी में, किसी बूढ़े में तो कभी किसी लड़की में और देखता उनका न भोगा हुआ, उनका होने वाला सच जो एक अनहोनी सा होता था। मैं बहुतों को समझाने की कोशिश करता, उनको चेतावनियाँ देता लेकिन कभी कोई मेरी बात पर गौर ही नहीं करता। मेरी चेतावनियाँ देर-सबेर उनके जीवन में घट ही जाती, खासकर तब जबकी वो उनके घटने के लिए तैयार न होते। मैं हर हादसे का गवाह बनता रहता और हर हादसे के बाद मेरे माथे पर एक लकीर बन जाती। मैं कभी किसी को नहीं बचा पाया और अब तक सैकड़ों लोगों के रूप में सैकड़ों बार मर चुका हूँ। इंसान एक मौत से इतना डरता है और मुझे देखो मैं हर रोज कई बार मरता हूँ'।

ऐसी कहानी उसने आज तक नहीं सुनी थी। अब तक वो पसीने से नहा चुका था। उसके चेहरे से पसीना टप-टप गिरकर बह रहा था। लड़के को लगा जैसे इस भरे हुए शराबगाह में अचानक सन्नाटा सा पसर गया है और वो सुन पा रहा था सारी सूक्ष्म आवाजें..अपने दिल की धड़कन, अपनी साँसों का भारीपन और अपने पसीने की आवाज..टप..टप...टप।

बिच्छी की सिगरेट अभी तक उसके हाथ में सुलग रही थी। बिच्छी ने हाथ बढाकर सिगरेट उसके हाथ से ले ली और एक दम खींचकर कहा, 'डर गए न? तो कैसी लगी कहानी! हा हा हा...लगता है तुमको एक ड्रिंक की और जरुरत है' लड़के ने ना में सर हिलाया।

'ठीक है, मत लो। लेकिन सुनो तुमको भी पानी से बचने की जरुरत है' उसने लगभग फुसफुसाते हुए कहा लड़के ने अपनी सारी ताक़त बटोरी और वहां से उठ खड़ा हुआ। बिच्छी पीछे से चिल्लाकर कुछ कह रहा था। मगर वो उस मंजर से भाग जाना चाहता था कहीं दूर। उसने बिच्छी को लगभग अनसुना करके दौड़ लगा दी। उसकी साँसे उखड़ रही थी। बाहर आकर उसे कुछ राहत महसूस हुयी जैसे वो किसी के चंगुल से निकल कर आ रहा हो।

पीछे से वेटर दौड़ता हुआ आया।

'क्या हुआ सर पैसे नहीं दीजियेगा' वेटर ने उससे कहा उसने हाँफते हुए कहा, 'कैसे-कैसे पागल लोगों को बिठा के रखते हो यार। साले ने भेजा फ्राई कर डाला' 'किसकी बात कर रहे हो सर..उस आदमी की जो आपके साथ बैठा था' 'हाँ हाँ उसी पागल शराबी की' 'सर वो आदमी तो यहाँ महीनों से आता है। लेकिन कभी किसी से कुछ नहीं कहता। यहाँ तक की हर रोज उसका बिल भी कोई दूसरा ही देकर जाता है। थोड़ा

अजीब तो है पता नहीं क्यूँ हर रोज कोई अनजान आदमी किसी ऐसे अजीब आदमी की शराब के पैसे देकर जाता है। मैंने आज तक उसको बोलते हुए नहीं देखा। आपसे ऐसी क्या बात हो गयी?'

लड़का कुछ बोलने की स्थिति में नहीं था। वेटर ने उसे उसके बिल के साथ-साथ बिच्छी का बिल भी थमाया और उसने चुपचाप बिना किसी बगाबत के दोनों के पैसे वेटर को दे दिए।

आज का दिन ही ख़राब था पता नहीं क्या हो रहा था उसके साथ। उसने खुद को गाली दी उस मनहूस जगह पर आने लिए लिए। ऐसी बेकार जगहें उसके जैसे लोगों के लिए नहीं। यहाँ ज्यादातर पागल, शराबी और घटिया लोग इकट्ठे होते हैं। आगे से वो किसी ढंग के बार में ही जाकर बैठेगा। उसने अपनी कार निकाली और वहां से निकल गया। लगभग आधी रात हो चुकी थी और शहर की सड़कों पर भीड़ बहुत कम ही थी।

अब तक वो उस खुमारी से बाहर आ चुका था। उसे लग रहा था जैसे किसी सपने से जाग कर उठा था। शरीर अभी भी जैसे पूरी तरह जागा न हो और दिमाग कुछ-कुछ अभी भी सुन्न हो। कुछ देर ड्राइव करने के बाद वो हाइवे पर पहुंचा। पसीना बहुत बह चुका था। उसका गला सूख रहा था। उसने बगल से एक बोतल उठाई जिस पर लिखा था गंगा नीर। उसे बिच्छी की कही बात याद आई। *लोग काली सूचनाएं देने वालों को पागल या शराबी बोलकर सिरे से ख़ारिज कर देते हैं...कोई मेरी बात पर यकीन नहीं करता...समझाने से लोग मान जाते तो महाभारत थोड़े ही न होती...*उसके दिमाग में उस घटिया से बार की वो टेबल और बिच्छी बिजली जैसे कोंधे और वो बिजली की चमक उसकी आँखों तक आ पहुंची। बोतल उसके हाथ से छूट कर नीचे गिर चुकी थी। अचानक उसने देखा की सामने एक ट्रक बंद खड़ा हुआ है जिससे की कार बस लड़ने ही

वाली है उसने तेजी से स्टेरिंग को दूसरी तरफ घुमाया लेकिन क्या...वहां से एक तेज रफ़्तार गाडी आ रही थी। उसने स्टेरिंग को घुमा कर ब्रेक लगाने चाहे लेकिन उसके पैर के नीचे ब्रेक थी और ब्रेक के नीचे वो पानी की बोतल...

गाड़ी घूम कर टकराने से बच तो गयी थी लेकिन एक पेड़ से जाकर टकराई थी। उसका मुंह स्टेरिंग के ऊपर था। फिर से एक तेज सन्नाटा था वो सब कुछ सुन सकता था अपनी भारी साँसे और टप टप की आवाज..इस बार ये टप-टप पसीने की नहीं थी बल्कि खून की थी। उसने बिच्छी की सलाह मानी थी वो पानी से दूर रहा था। शायद इसी लिए वो जिन्दा था लेकिन हादसा तो फिर भी उसके साथ हुआ ही था। वो शायद भूल गया था कि जिस गिलास में उसने शराब डाली थी उसमें पानी भी था।

"Not only is the Universe stranger than we think, it is stranger than we can think."

"ब्रह्मांड न केवल जितना हम सोचते हैं, उससे कहीं अधिक अजीब है, बल्कि जितना हम सोच सकते हैं, उससे कहीं अधिक अजीब है।"

-Across the Frontiers by Werner Heisenberg

2

टोनी मोंटाना

वो कहे हैं की दुनिया इतनी नहीं है,

सितारों से आगे जहाँ, और भी है।

टोनी मोंटाना का असली नाम टोनी मोंटाना नहीं बल्कि ताराचंद्र मोहनलाल शर्मा था लेकिन उसे ये नाम बिलकुल पसंद नहीं इसलिए वो अपने दोस्तों और सोशल मीडिया के बीच इसी नाम से जाना जाता है। टोनी अपने माँ-बाप का चहेता और दोस्तों में काफी पोपुलर किस्म का बंदा है। सब उसे पसंद करते हैं। और करें भी क्यूँ न वो बेहद शरीफ लड़का है, आज्ञाकारी, बेकार के लफड़ों में न पड़ने वाला, बहसबाजी से दूर और कभी प्रतिरोध न करने वाली किस्म का।

टोनी बचपन में क्रिकेटर बनना चाहता था और कॉलेज के टाइम पर सिंगर, क्यूंकि उस वक़्त वो उन दोनों ही कामों में बहुत माहिर था। लेकिन उसके क्रिकेटर बनने का सपना उसके घर वालों ने छुड़ा दिया क्युंकी उस दौर में खेल-कूद बरबादी का लक्षण मन जाता था और सिंगर बनने का खुद उसने। क्योंकि इंजीनिअरिंग में 4 बेक लगने के बाद बड़े-बड़े तानसेनों के सुर टूट जाते हैं। ये जिंदगी जो हैं न चॉइस का खेल होती है। एक सही चुनाव आपकी जिंदगी बदल सकता है। उसने अपनी इच्छाओं

से समझौता करके सही चुनाव किया था या यूँ कहिये की अपनी ख्वाहिशों का गला घोंट उनकी लाश पर पैर रखकर वो आगे बढ़ गया।

उसकी लाइफ बाकी नोरमल लोगों की तरह छोटी-बड़ी मुश्किलों से भरी हुयी थी। उसकी ऊपर-नीचे होती परिस्थितियों ने उसे थोड़ा कमजोर दिल वाला, थोड़ा सा वहमी बना दिया था। जब भी वो किसी मुश्किल से घिरा होता तो उसे ऐसा लगता जैसे कोई उसका पीछा कर रहा है, कोई पास में खड़ा है या फिर कमरे में कोई है। कभी उसे कोई अजीब सी आवाज आती, तो कभी नींद में उसे लगता जैसे कोई उसके बिस्तर पर साथ में सो रहा है।

बहरहाल अब उसने सारी मुश्किलों से निजात पाकर खुद को एक ठीक-ठाक जगह पर सेटल कर लिया था। और जबसे उसकी लाइफ में थोड़ी स्टेबिलिटी आई थी, तब से उसे ये सब वहम होना भी बंद हो गया था। वो आज की डेट में अच्छा कमाता था। और अब सब कुछ सेट हो जाने के बाद घरवाले उस पर शादी के लिए दबाब डाल रहे थे। भारत एक नौकरीशुदा, शादीशुदा और बच्चा प्रधान देश है, आप इनमें से किसी एक से भी न-नुकर करके अपनी जिंदगी जहन्नुम बना सकते हैं। और उसके घरवाले भी वोही कोशिश कर रहे थे। वो घरवालों को ठीक से मना भी नहीं कर पा रहा था लेकिन वो शादी के लिए अभी तैयार न था। उसके शादी न करने का कारण शायद सरगम थी, जो उसकी पुरानी गर्लफ्रेंड थी, जिसे वो अभी तक भुलाने की कोशिश कर रहा था। पिछले साल जब वो नौकरी की भागदौड़ में खुद को घिस रहा था तब उसके माँ-बाप ने उसकी शादी कहीं और करा दी थी और सरगम भी उस शादी से खुश ही थी क्यूंकि वो किसी निठल्ले-नल्ले के साथ जिंदगी भर के लिए सेट नहीं होना चाहती थी।

ये सब बातें अब पुरानी होकर शायद धुंधली हो चुकी थी, लेकिन अब भी वो ये सब सोच कर कभी कभी उदास होता था और उसी उदासी में शराब भी पीता था। जी हाँ टोनी मोंटाना शराब पीता था। वो इतना भी शरीफ नहीं था। टोनी मोंटाना बेन्द्रे इसपाइड पीता था, वो पीटर पार्कर पीता था, वो शिवा शेह्गल भी पीता था, काला कुत्ता भी पीता था, काला टेबल भी, और रॉयल पेग भी और ये सब न मिलने पर लोकल पेग भी। इन सबको वो इन्ही सब नामों से बुलाता था। चूँकि वो अकेला रहता था इसलिए पीने में रोका टोकी करने वाला कोई नहीं था।

कभी-कभी वो अजीब से सपने देखा करता जिसमें वो रॉकस्टार होता और किसी लाइव शो में गा रहा होता। या फिर किसी मैदान में सेंचुरी ठोकनें के बाद मैन ऑफ़ दी मैच की ट्रोफी को चूम रहा होता। कभी-कभी उसे लगता की सरगम से उसकी शादी हो चुकी है और वो इस दुनिया का सबसे खुशकिस्मत इंसान है। मगर नींद खुलते ही वो अपनी हकीकत की दुनिया में आ जाता जहाँ उसके पास 9 से 7 की नौकरी के सिवाय सिर्फ बेन्द्रे इसपाइड होती थी।

उसके सब दिन एक जैसे ही थे। वो दिन भी बाकी के दिनों जैसा था। उसने काम से थक हारकर वापस आने के बाद अपनी माँ से बात की। मां ने उसको बताया कि आज चन्द्र गृहण है इसलिए 12 बजे तक कुछ खाए-पिए नहीं। टोनी आज्ञाकारी तो था लेकिन उतना भी नहीं। टोनी ने अपने बैग से बेन्द्रे इसपाइड की बोतल निकाली और ड्राई चिकेन से साथ 5 पेग पीकर अपने कमरे में सो गया।

***

अगली सुबह जब वो जगा तो उसने खुद को अपने छोटे से फ्लैट में नहीं था। वो एक आलिशान कमरा था, किसी 5 स्टार होटल की माफिक। अपने बेहद नर्म से बिस्तर पर से उठकर उसने बड़े अजीब तरीके से उस कमरे को देखा। उसे समझ नहीं आ रहा था कि वो वहां कैसे पहुंचा था। उसने खिड़की से झाँक कर देखा तो उसे नीचे खूबसूरत गार्डन और पूल नजर आया। एक बड़े से गेट के पीछे एक गार्ड खड़ा था। जाहिर था कि वो एक बहुत बड़ा बंगला था और उस बंगले में कई बड़े-बड़े कुत्ते टहल रहे थे। उनमें से एक इंग्लिश मेस्टिफ था, एक ग्रेट डेन, एक सेंट बर्नार्ड और एक साइबेरियन हस्की। वो कुत्तों की नस्ल को अच्छे से पहचानता था, क्योंकि वो बचपन से ही कुत्तों से बहुत प्यार करता था, और ये सारे कुत्ते उसकी पसंदीदा नस्ल के थे। उसने अपने बगल वाली दीवार पर लगी तस्वीर को देखा तो वो और भी चौंक गया। उसमें वो क्रिकेटर की यूनिफार्म में एक ट्रोफी पकड़े खड़ा था। उसके बगल में ढेरों तस्वीरें लगी थी जिसमें वो और सरगम थे किसी तस्वीर में किसी बीच पर, किसी में एफिल टॉवर के नीचे तो कहीं बर्फ की वादियों में। उसे लगा जैसे कि वो नींद से जगा नहीं है और वो सपने में हो। सपना हसींन था उसके सपनों के महल जैसा। कितना सुहावना था, काश...काश कि वो सब सच होता। इतने खूबसूरत सपने को वो टूटने नहीं देना चाहता था इसलिए वो फिर से अपने नर्म बिस्तर में जाकर घुस गया।

'आज सारा दिन सोते ही रहना है क्या, जनाब! उठिए भी। प्रैक्टिस पर भी नही जाना है क्या?'

कोई टोनी को उठा रहा था। उसने आंखें खोलकर देखा तो वो सरगम थी जो किसी बीवी की माफिक प्यार से अपने नए नवेले पति को उठा रही थी।

टोनी सनसना कर उठा। क्या वो सपने के भी भीतर फिर सपने में आ गया है। उसने अपने हाथों को देखा, सरगम के चेहरे की तरफ देखा, खुद को उठकर आईने में देखा। वो तो बिल्कुल वही था जैसा कि वो है। लेकिन उसके चेहरे पर एक चमक, एक तेज था, उसका बदन कसरती मस्क्युलर था लेकिन था वो वोही टोनी मोंटना। उसने बदहवासी से कमरे को देखा, खिड़की से नीचे झांककर देखा वोही कमरा और वोही बंगला तो था जहाँ वो थोड़ी देर पहले जागकर उठा था। ये कैसा सपना था जो खत्म नहीं हो रहा था।

सरगम ने घबराते हुए पूछा, ‘क्या हुआ तुमको? ऐसे क्यों ऐबसर्ड बीहेव कर रहे हो? तबियत तो ठीक है ना’।

सरगम तो बोल भी रही थी। जबकि सपने में तो सरगम ने कभी बात नहीं कि थी।

'मम्म मैं यहां कैसे? तत तुम यहाँ कैसे? हम लोग यहां क्या कर रहे है?' उसने हकलाते हुए पूछा...

'अच्छा जनाब तो ये मुझे बेवकूफ बनाने का तुम्हारा कोई नया पैंतरा है ये। लेकिन मैं भी टोनी मोंटाना की वाइफ हूँ ऐसे ही कोई मुझे बेबकूफ नहीं बना सकता। चलो अब अपने फिजूल के प्रैंक्स बन्द करो और फ्रेश हो लो। ब्रेक फ़ास्ट रेडी है' सरगम रूम से चली गयी लेकिन टोनी अभी भी भौंचक्का सा बैठा हुआ था। उसके समझ नहीं आ रहा था कि आखिर ये माजरा है क्या।

जब वो नीचे गया तो उसने देखा कि वो एक बेहद आलीशान घर में था। नाश्ते की टेबल पर उसके मां-पापा इंतजार कर रहे थे। उन्होनें बिल्कुल नॉर्मली उससे लेट उठने का कारण पूछा जिसके जबाब में वो कुछ नहीं

कह पाया। वो अभी तक एक सदमे में था और उसे कतई ज्ञान नहीं था कि उसके साथ हो क्या रहा है?

नाश्ते के बाद जैसा कि सरगम ने बताया कि वो जिम जाएगा और वहां से फिर प्रैक्टिस के लिए। गाड़ी रेडी खड़ी है। उसने बाहर आकर देखा तो घर में रेंज रोवर वोग, ऑडी Q7 और पोर्स 911 जैसी बड़ी बड़ी कई गाड़ियां खड़ी थीं। उसके कुत्ते उसे देखकर उससे लिपट-चिपट गए उसने उन सबको बारी-बारी से प्यार से सहलाया। ड्राइवर उसका इंतजार BMW M5 में कर रहा था। ये किसी फेयरिटेल सरीखा ही था। यकीन करना नामुमकिन बराबर। सोचिये एक रात आप सोते है अपनी वही घिसी-पिटी साधारण जिंदगी के साथ और जब जागते है तो पाते है के आपके पास इज्जत, शौहरत, पैसा, चाहने वाले और आपके अपने सब आपके पास हैं। आपका हर सपना जो आपने कभी देखा था सब सच होकर आपके सामने है तो आप कैसा महसूस करेंगे? जबाब नहीं है ना। टोनी के पास भी कोई जबाब नहीं था सिर्फ सवाल ही सवाल थे...ढेरों सवाल।

गाड़ी में बैठकर उसने अपने आफिस की डेस्क पर कॉल लगाया तो उसे पता चला कि वो कोई और ही शख्स है जो पिछले साल से वहां नौकरी कर रहा था। फिर उसने कम्पनी के HR डिपार्टमेंट में फ़ोन किया और खुद के बारे में इन्क्वारी की तो उसे पता चला कि उसके नाम का कोई बंदा कभी वहां नौकरी करता ही नहीं था। फिर उसने अपने बचपन के जिगरी दोस्त अमित को फ़ोन लगाया। नंबर उसे जबानी याद था लेकिन फ़ोन कवरेज से बाहर था। झुंझलाहट में वो फ़ोन फेंक देता है।

'क्या हुआ साब? क्या बात हो गयी?' ड्राइवर ने चिंता से पूछा...

'नन...नहीं कुछ नहीं। तुम चलते रहो कोई बात नहीं है' उसने अपना फ़ोन उठाया और अपनी कॉन्टैक्ट लिस्ट चेक की तो उसे अमित का दूसरा नंबर मिला। वो चौंका नहीं जब उसकी जिंदगी बदल सकती है तो अमित का नंबर क्यों नहीं। दो ही रिंग में अमित ने फ़ोन उठा लिया 'अरे क्या हुआ भाई आज हम गरीबों की याद कैसे आ गयी' उधर से अमित की आवाज आयी 'बकबास मत कर बे ऐसा कौन सा दिन था जब तेरे को भूला हूँ मै?'

'हाँ तभी तो 3 महीने में कॉल कर रहा है। मैने कितनी बार फ़ोन लगाया तुझे एक भी बार उठाया तूने? खैर मैं तो सोच लेता था कि भाई बहुत बड़ी जिम्मेदारी में है, बिजी रहता है। क्या करें? खैर आज तुझे कैसे याद आ गयी मेरी?' अमित ने पूछा...

'यार मुझे तेरी जरूरत है। मिलने आ सकता है क्या?' टोनी ने अपने दोस्त के सामने दिल का हाल बताने कि कोशिश करते हुए कहा।

'क्या हुआ बे सब ठीक तो है ना' अमित में चिंता से पूछा...

'हाँ सब ठीक है बस तू मिलने आज एक बार तो बताता हूँ' अमित आपने काम में बिजी था लेकिन उसने एक दिन के लिए मिलने आने का वादा किया। वो कल सुबह की पहली फ्लाइट से उससे मिलने आ रहा था। लेकिन सबर करना उसके लिए मुश्किल था। आज घर पर कोई भी नहीं था माँ-बाबा और सरगम किसी फ्रेंड के यहाँ पार्टी में गए हुए थे। वो घर में अकेला था बमुश्किल ही उसे अपने नर्म बिस्तर पर नींद आई। सुबह होते ही वो एअरपोर्ट के लिए निकल पड़ा।

अमित को देखकर वो ऐसे गले लगा जैसे कि किसी बुरे ख्याब से डरकर किसी अपने से लिपट गया हो।

'क्या हुआ बे इतना सेंटिया काहे रहे हो' अमित ने पूछा...

'कुछ नहीं यहाँ से चलो और कहीं बैठकर बातें करते हैं' वो दोनों एक पार्क में बैठे हुए थे और टोनी ने कल जो हुआ उसके बारे में अमित को बताया।

अमित ने चुपचाप पूरी बात सुनी और झुंझलाते हुए कहा, 'क्या मजाक है यार ये? इस सब चुतियापे के लिए सब जरुरी काम-धाम छोड़ कर आया हूँ क्या मैं। साले तेरा दिमाग तो ठीक है? बड़े आदमी हो आजकल फुरसत में बैठे हो तो लोगों का चूतिया काट लो लेकिन हमारा क्या? तुमको मालूम है कि कल का दिन कितना जरुरी है मेरे लिए। नहीं मालूम होगा क्यूँकि आप तो ठहरे बड़े आदमी आपको क्या जरुररत ये सब जानने की' 'देख यार मैं कोई मजाक नहीं कर रहा हूँ जो मेरे साथ हो रहा है वो ही कह रहा हूँ अगर तुझे मेरे कहे पर यकीन नहीं है तो ठीक है जा और छोड़ दे मुझे मेरे हाल पर' 'तू पागल हो गया है क्या? क्या तुझे कुछ भी याद नहीं है?'

'तुझे कुछ याद है। याद है हम दोनों सारे काम साथ-साथ ही करते थे। साथ ही साथ क्रिकेट खेलने जाते थे और एक ही साथ इंजीनियरिंग में एडमिशन लिया था। और यहाँ तक की हम दोनों की 4-4 बेक भी साथ ही आयीं थी' टोनी ने उसे याद दिलाने की कोशिश की 'क्या बक रहा है यार तू? ठीक है हम लोग साथ-साथ खेल कर बड़े हुए है लेकिन इंजीनियरिंग में मेरी कभी कोई बेक नहीं लगी। I was one of the brilliant student of my batch। और जहाँ तक तुम्हारी बात है तुमने कभी इंजीनियरिंग में एडमिशन लिया ही नहीं। you are a normal graduate. वो भी जैसे तैसे करके। तुम पढ़ने-लिखने के लिए

नहीं बने थे। तुमने फैसला किया कि क्रिकेट ही तुम्हारा सब कुछ है और सबके खिलाफ जाकर भी तुम वोही सब करते रहे। उसी दिन से हमारी राहें अलग हो गयी थी। लेकिन तुम्हारा फैसला सही साबित हुआ और आज तुम कहीं और हो मैं कहीं और' 'ऐसा कैसे हो सकता है यार। जहाँ तक मुझे याद आ रहा है मैं तो एक छोटी-मोटी नौकरी करने वाला नोरमल सा आदमी था। इतने सालों का कॉलेज का स्ट्रगल, नौकरी के लिए मारा मारी, सरगम के जाने का दुःख और आज अचानक ये सब कहाँ से आ गया। वो मेरे इतने साल मुझे एक-एक पल याद है अच्छे से और आज जो कुछ भी हूँ मैं, उसके बारे में मुझे कुछ भी याद नहीं है। कैसे हो सकता है ऐसा कैसे?' टोनी ने बहुत थकी हुयी बेचैनी से कहा।

'यार तू फिर से ड्रग्स तो लेने नहीं लग गया न' अमित ने धीरे से पूछा...

'फिर से मतलब? मैं ड्रग्स भी लेता था?' टोनी के लिए ये भी चौंकने वाली बात थी 'भूल गया साले। जब पहली बार सिलेक्शन टीम से बाहर हुआ था तब क्या-क्या हुआ था' टोनी ने दिमाग पर जोर डालने की कोशिश की लेकिन उसे कुछ याद नहीं आ रहा था। वो लगभग रुंआसा हो चला था।

'देख यार तू परेशान न हो। ये सब तेरा वहम है। श्रीलंका दौरे पे अपनी ख़राब परफॉरमेंस की वजह से शायद तेरा दिमाग थोड़ा डिस्टर्ब हो गया है और अभी फिर ट्राई-सीरीज शुरू होने वाली है। लगता है उसी के प्रेशर के चलते तू परेशान है। कभी कभी दिमाग पे ज्यादा जोर डालने से ऐसा हो जाता है। इसको हॉलुसिनेशन कहते है, मन का भ्रम।' अमित ने उसको सांत्वना दी।

टोनी आसमान की तरफ निहार रहा था और अपने दिमाग पर पूरा जोर डाल कर याद करने की कोशिश कर रहा था।

टोनी फिर बोला 'यार तू टोनी मोंटाना है..सर टोनी मोंटाना। IPL के सबसे मंहगे प्लेयर्स में से एक। जिसने खुद अपनी किस्मत लिखी है, सितारों से भी बुलन्द। और खेल में क्या life में भी ये सब ऊपर-नीचे होता रहता है। तू वोही टोनी मोंटाना है जिसके पास पिछले आईपीएल की ऑरेंज कैप थी। लड़कियां मरती है तुझ पर और नयी जनरेशन के लड़के तुझे कॉपी करते हैं यार। तू ऐसे कमजोर पड़ेगा तो कैसे चलेगा'

टोनी कुछ शांत हुआ।

'खैर ये बता तेरी वो आइटम कैसी है?' अमित ने माहौल को हल्का करने के हिसाब से कहा 'हाँ सरगम ठीक है' उसने रूखा सा जबाब दिया 'अबे साले भाभी की बात नहीं कर रहा हूँ मैं। वो तेरी नयी वाली मॉडल क्या नाम था उसका वो तनवी। वो कैसी है?'

टोनी को अभी-अभी पता चला कि शादी-शुदा होने के बाबजूद उसकी तनवी नाम की कोई गर्लफ्रेंड भी है। कितनी घटिया हरकतें करने लगा था वो। वो खुद से शिकायत करता उससे पहले ही अमित बोल पड़ा, 'अबे इतनी दूर से इतने पैसे खर्च करके आया हूँ। दारु नहीं पिलाएगा क्या' 'सुबह से ही?' टोनी ने चौंकते हुए पूछा' क्यों 10 से तो ऊपर ही हो चुका है ठेके तो खुल ही गए होंगे।' उसने हँसते हुए कहा 'ऐसे क्या देख रहे हो बेटा। आईपीएल के टाइम की अपनी अय्याशियाँ भूल गए। जब मैच नहीं होता है तो क्या-क्या करते हो तुम। मुंह खोलूं क्या' अमित ने हँसते हुए कहा 'अच्छा चल बता क्या पिएगा' टोनी ने उसे चुप कराने के लिए ऐसे ही कहा 'तुम ही बताओ क्या पिलवाओगे, बेंद्रे इसपाइड, पीटर पार्कर,

शिवा शेह्गल या बूढा साधू' अमित ने आँख मारते हुए कहा टोनी को फिर से यकीन हो गया कि कहीं न कहीं कुछ तो गड़बड़ है बॉस।

***

बहरहाल उसके साथ जो भी हो रहा हो लेकिन जो जिंदगी उसके पास थी उससे मुंह मोड़ना कतई समझदारी नहीं थी, आखिर वो अपने सपनों की दुनिया में था और वो भी जीता जगाता पूरे होशो हवास में। वो अपने सपने को जीने लगा। माँ-बाप को खुश देखकर वो भी बहुत खुश होता और सरगम जिसकी तमन्ना में जैसे एक जिंदगी उसने जाया कर दी थी उसे वो खूब प्यार करता, जी भरके प्यार। अपनी शान ओ शौकत पर दिन भर खुश होता रहता। न कोई ऑफिस न कोई काम, न कोई चिक-चिक..बस राजसी ठाट-बाट।

पहले उसका दिन ख़ुदकुशी चाहता था, शामें हादसे और रातें सुकून लेकिन अब उसके दिन सुनहरे थे, शामें हसीन और रातें रंगीन। उसे अपनी इस जिंदगी पर यकीन हो चला था और पिछली जिंदगी जैसे कोई भ्रम हो। लेकिन बाकि लोगों को वो अब थोड़ा अजीब सा लगने लगा था। अपनी कठिन तपस्या जो वो अपना दिन निकलने के साथ शुरू करता था वो अब पहले जैसी नहीं थी। पहले वो अपनी हर चीज को लेकर थोड़ा स्ट्रिक्ट था अपनी डाइट से लेकर, जिम और प्रैक्टिस तक लेकिन अब हर चीज में उसने जैसे ढील छोड रखी हो। नतीजन ट्राई-सीरिज में वो बुरी तरह फ्लॉप हुआ। वो न केवल खुद खेल पाया बल्कि उसने अपने विकेट के साथ साथ दूसरे प्लेयर्स के विकेट भी बलि चढ़वाये। वो एक बहुत अच्छा फील्डर भी था लेकिन इस बार उसने इतनी मिसफिल्ड कि जो स्कूली बच्चे भी नहीं करते। लोगों को उससे बहुत उम्मीदें थी और जैसा की आप जानते है, हिंदुस्तान की जनता, यहाँ

के लोग पूरी जिंदगी में बस अपनी उम्मीदों को टूटते हुए देखते रहते हैं लेकिन वो उन उम्मीदों का टूटना बर्दास्त नहीं कर सकते जो वो दूसरों से बांधे रखते हैं।

नतीजा सीरिज में बुरी तरह हारने के बाद लोगों ने मैदान पर खाली बोतलें फेंक कर ढेर लगा दिया। उसकी गाड़ी पर कालिख पोत दी और उसके घर पर पत्थर भी फेंके। ये घटना उसे और उसके परिवार को डरा देने के लिए काफी थी। अख़बारों और मिडिया ने उसकी डाउनफाल को लेकर खूब किस्से बनाये। अब वक़्त था चिंतन का...मंथन का। उसे अपनी स्थिति का जायजा लेकर कमबैक करना था। लेकिन उसका बदला हुआ बरताव और उसका टूटा हुआ फोकस, उसकी अजीब सी बैचैनी ये सब उसकी सब से बड़ी मुश्किलें थी। सब ने उसको सलाह दी कि अपनी इस हेलूसिनेशन से बाहर आने के लिए उसे साईक्रेटिस्ट के पास जाना चाहिए। उसे ये सलाह सही लगी आखिर वो अपने इस भ्रम की दुनिया से बाहर आना चाहता था।

***

'लेकिन डॉक्टर ऐसा कैसा हो सकता है। मतलब मैं एक दिन सोकर उठता हूँ और मुझे लगता है कि जो मैं हूँ, वो मैं हूँ ही नहीं और जो मैं नहीं हूँ वो ही मैं हूँ। यहाँ तक कि मुझे अपनी जिंदगी के पिछले कुछ साल बिलकुल याद नहीं बल्कि उसकी जगह मैंने एक ऐसी कोरी कल्पना कर रखी है जो कभी मैं था ही नहीं। मैं एक क्रिकेटर न होकर एक मामूली सी नौकरी करने वाला छुटभैया आदमी हूँ और उस आदमी की जिंदगी का एक-एक दिन मुझे याद है और अपना...अपना जो कुछ इतना मैंने खुद का बनाया है उसके बारे में मुझे भनक तक नहीं है' टोनी ने हर बार की तरह डॉक्टर से पूछा...

पिछले कई महीनों से वो इस साईक्रेटिस्ट से ट्रीटमेंट ले रहा था। उसकी बेचैनी काफी हद तक कम हो गयी थी लेकिन अभी भी वो अपनी नयी जिंदगी के बारे में ना कुछ याद कर पाया था और नाहीं पुरानी को भूल पाया था। सब कुछ था उसके पास लेकिन वो बस इस इक्वेशन में फिट नहीं बैठ पा रहा था। बहुत जल्दी आईपीएल भी शुरू होने वाला था और उसे खुद को जल्दी से जल्दी फिट करके पिच पर लौटना था।

डॉक्टर ने उसे हर बार की तरह समझाया 'दुनिया में सबसे बेहतरीन मशीन आदमी का शरीर है और उसका सबसे शानदार पुर्जा उसका दिमाग है। सालों की रिसर्च और स्टडी के बाबजूद भी हम इंसानी दिमाग को पूरी तरह से समझ नहीं पाए हैं। किस सिचुएशन में दिमाग किस तरह से रियेक्ट करेगा ये बताना बहुत मुश्किल है। जैसा की मैंने तुम्हें बताया ही था इस तरह की हेलूसिनेशन को सीजोअफेक्टिव डिसऑर्डर कहते हैं। ये एक तरह की एंग्जायटी से होता है..ओवरथिंकिंग के कारण। तुम्हारे ऊपर लोगों की, परिवार की, सोसाइटी की उम्मीदों का बहुत बड़ा बोझ आ गया जिसको तुम्हारा दिमाग एक्सेप्ट करने को रेडी नहीं था इसलिए उसने खुद को एक बेहद नार्मल आदमी की जिंदगी से जोड़ दिया ताकि जिम्मेदारियों का ये बोझा तुम्हारे दिमाग को न उठाना पड़े' कहकर डॉक्टर थोड़ी देर के लिए रुका और फिर के बोला।

'दवाइयां तो टाइम से ले रहे हो न'

'जी डॉक्टर'

'और वो माइंड गेम्स और एक्सरसाइज जो मैंने बताई थीं'

'कर रहा हूँ डॉक्टर'

'वेरी गुड...आई कैन सी डिजायरस इम्प्रूमेंट इन यू। मुझे लगता है कि अब तुम्हें प्रैक्टिस पर वापस जाना चाहिए।'

'सही कह रहे है डॉक्टर...मुझे अब नार्मल रूटीन पर आ जाना चाहिए'

'बिलकुल लेकिन कीप डूइंग योर मेडीटेशन...बेस्ट ऑफ लक'।

***

डॉक्टर के क्लिनिक से उतर कर वो नीचे पार्किंग बेसमेंट में आ गया था। गाड़ी निकालने से पहले उसने जेब से सिगरेट निकाल ली। हालाँकि ये उसके स्टैमिना को ख़राब करती थी लेकिन ये उसकी एंग्जायटी को कम करती थी। उसे याद आया कि सिगरेट कम करने के लिए उसने लाइटर रखना बंद कर दिया था। वो यहाँ-वहां देखने लगा कि कोई हो तो लाइटर मांग सके। तभी पीछे से एक हाथ आया जिसने उसकी सिगरेट सुलगा दी।

वो हाथ एक अजीब से दिखने वाले आदमी का था और वो आदमी गुनगुना रहा था, *'वो कहे हैं की दुनिया इतनी नहीं है, सितारों से आगे जहाँ, और भी है। के हम ही नहीं हैं वहां और भी है। हमारी हर बात होती वहीं है'।*

जलती हुयी तीली के पार से टोनी ने उस रहस्मयी आदमी की आँखों में झांककर देखा। ऐसी घड़ियाल जैसी आँखें उसने कभी नहीं देखी थीं। बड़े बिखरे बेतरतीब से बाल, घनी मूंछें, हलकी दाड़ी जो कहीं कहीं से पक गयी थी, ऊपर से लादा हुआ एक पुराना सा कोट और चेहरे पर एक कुटिल मुस्कान। वो सिगरेट जला कर थैंक्स कहना भूल ही गया और पागलों की तरह उसे देख रहा था।

'मान लिया जो डॉक्टर ने तुझसे कहा' उस रहस्मयी आदमी ने टोनी से कहा।

'क्या मतलब' टोनी ने घबरा कर पूछा...

'मतलब वही जो तू समझ रहा है। वो क्या कहा था उसने? हेलूसिनेशन...सीजोअफेक्टिव डिसऑर्डर...ओवरथिंकिंग के चलते...हा हा हा' वो जोरों से हंस रहा था।

'कौन हो तुम?' टोनी उस अजीब आदमी को देख कर डर गया था और उसकी बातें सुनकर उसको अपने भीतर अजीब सीलन सी महसूस होने लगी।

'मुझसे पूछ रहा है मैं कौन हूँ। मैं हूँ तेरे भीतर का सच जो डर बनके तेरी शकल पर तैर रहा है। मैं काल हूँ, कपाल हूँ, मैं यक्ष हूँ, सर्वस्व हूँ। त्रिकालदर्शी भूत-भविष्य सब देख लेने वाला। जंतर मंतर काल कलन्तर बात करूँ मैं सच्ची..मैं हूँ बिच्छी। लेकिन तू..तू कौन है?'

'क्क्या चाहिए तुमको' उसकी बातें सुनकर वो पसीना-पसीना हो चुका था जैसे कि वो कोई आदमी न होकर कोई पिशाच हो।

'चाहिए मुझे नहीं...चाहत तुझे है...अपने सवालों के जबाब पाने की चाहत। बड़ी शिद्दत से उनके जबाब खोज रहा था न। इसीलिए मैं आया हूँ...जब भी कोई बहुत शिद्दत से कुछ खोजता है न तब मैं आता हूँ...ले मैं आ गया तेरे सवालों के जबाब देने' उसने हवा में हाथ उठाया और सिगरेट उसके हाथ में आ गयी। उसने अपनी सिगरेट को टोनी की सिगरेट से लगाया, जलाने के लिए। एक दम से जैसे सन्नाटा हो गया और समय धीमा हो चला हो। टोनी उस धीमे समय और सन्नाटे के बीच सिगरेट के

सुलगने की आवाज भी सुन पा रहा था। उसका दिल इतनी जोर से धड़क रहा था जैसे उसके सीने में नहीं उसके कानों में धड़क रहा हो। उसे लगा ये उसका पागलपन है वो सच में ही न जाने किन-किन चीजों की कल्पना कर रहा था। वो सिगरेट फेंक कर वहां से निकल भागने को हुआ। वो अपनी गाडी में बैठा और ड्राईवर को तेजी से निकलने को बोला।

गाडी में बैठकर वो राहत की सांस ले भी न पाया था। उसने पाया कि बिच्छी उसके बगल वाली सीट पर बैठा है। उसकी चीख निकलने को हुयी लेकिन बिच्छी के बोलना शुरू करते ही आवाज घुट कर मुंह में ही रह गयी, 'बताया नहीं तूने? यकीन करने लग गया क्या उस डॉक्टर की बातों पर। उसकी समझ से परे ये सब।' सिगरेट अभी भी उसके हाथ में थी।

'जिसे तू सच मान रहा है वो सब सच नहीं है। जिसे तू भोग रहा है वो भी सच नहीं है...यहाँ तक कि जो तू देख रहा है शायद वो भी सच नहीं है सब मिथ्या है...मिथ्या..झूठ..फरेब..माया। जो तुझे वहम महसूस होता है न, वो तेरा वहम नहीं है वो सब सच था, तेरा भोग हुआ सच...तेरा बनाया हुआ सच।' बिच्छी ने कश खींचकर कहा।

'मगर वो सब सच था तो ये सब क्या है? ये सब क्यूँ और कैसे हो गया? मैं किसी नींद हूँ क्या?' उसने बड़ी हिम्मत करके कुछ कहा तो बिच्छी ने अपनी सिगरेट उसे पकड़ा दी और खुद कमर टिका कर सीट पर लेट गया।

'जितना आदमी समझ सकता है ये दुनिया उतनी नहीं है। कुछ चीजें इंसानी दिमाग से परे होती हैं। पैरेलल यूनिवर्स का नाम सुना है कभी।' उसने पूछा।

टोनी के पास कोई जबाब नहीं था।

'नहीं सुना..अच्छा कोई बात नहीं। $E = mc2$ पता है..नहीं मालूम न...अच्छा स्टीफन हौकिंग्स की टाइमलाइन थ्योरी....क्या ये भी नहीं मालूम। तुझे तो कुछ नहीं पता रे। बहुत भोला है तू' वो फिर हँसने लगा जैसे उसका मज़ाक उड़ा रहा हो।

'अच्छा चल ये बता, अल्बर्ट आइन्स्टीन, मैक्स प्लांक, श्रोडिंगर, पॉल डिराक, इनमें से किसी के नाम सुने है। कम से कम आइन्स्टीन तो सुन ही रखा होगा। अगर उसने कभी 'थ्योरी ऑफ़ रिलेटिविटी' न दी होती तो आज जो कुछ में तुझे बताने जा रहा हूँ वो सब कोरी बकबास लगता। वैसे भी मेरी बातों पर कोई यकीन नहीं करता है। तू भी चाहे तो ऐसा ही कर सकता है आखिरी चुनाव तेरा ही होगा।'

उसकी दी हुयी सिगरेट पीकर टोनी के भीतर सब ठण्डा पड़ चुका था।

बिच्छी ने फिर बोलना शुरू किया, 'ये इतने सारे नाम जो मैंने तुझे बताये ये सब के सब इस परम ब्रम्हांड को समझने में लगे रहे और काफी हद तक कामयाब भी हुए। इन्होंने माना है कि सितारों के आगे जहाँ और भी है। इस ब्रम्हांड में ये दुनिया अकेली नहीं है...ऐसे कई ब्रम्हांड है और बहुत सारी दुनिया हैं' बिच्छी मुस्कुराया।

'हालाँकि कोई भी वैज्ञानिक अभी तक इसकी तह तक नहीं पहुँच पाया है। यहाँ तुम्हारी साइंस धरी रह जाती है। प्राचीन हिन्दू धरम ग्रंथों में इन सब का विस्तार से वर्णन है। योगवशिष्ठ में घटनाओं के साथ इसको बताया गया है कि हमारे अलावा भी इस दुनिया से परे दुनिया है'।

टोनी मुंह फाड़े उसकी बातें सुन रहा था। बिच्छी ने उसके हाथ से सिगरेट ले ली जोकि अभी तक बुझी नहीं थी।

‘इतना हैरान होके मत देख। मैं एलियंस की बात नहीं कर रहा हूँ। जिस दुनिया मैं अभी तू है वो तेरी दुनियां नहीं है वो कोई और टोनी मोंटाना था जिसकी जिंदगी तू जी रहा है। उस दूसरी दुनिया में था तेरा अस्तित्त्व। यहाँ तू उधार की जिंदगी जी रहा है। किसी और की बनायीं हुयी जिंदगी’ ‘इंसान भले ही कई ग्रहों, तारों और आकाशगंगाओं के बारे में जानता हो पर वास्तव में इस ब्रह्माण्ड के हिसाब से यह कुछ भी नहीं है। इस ब्रह्माण्ड में अरबों तारे हैं और अरबों आकाशगंगायें हैं। सब कुछ एक बुलबुला है, सब कुछ। ये ब्रम्हांड एक बुलबुले में बंद है और अलग-अलग ब्रम्हांड अलग-अलग बुलबुले में। सब बुलबुले मिलकर या टूटकर एक नए ब्रम्हांड को जन्म देते हैं। इसी को Eternal Inflation Theory भी कहते हैं। Quantam Physics कहती है कि समानांतर ब्रम्हांड को हम नहीं देख सकते क्यूंकि वो अलग आयाम में है। हर एक आदमी की कई दुनिया होती हैं। जिस दुनिया में तू आज है वो तेरे प्रतिरूप की दुनिया है।’

टोनी को बुरी तरह डर लग रहा था। ड्राईवर बार-बार मुड़के उसकी तरफ देख रहा था लेकिन उसको बिच्छी नज़र नहीं आ रहा था। गाड़ी में धुंआ ही धुंआ था। और धुएं के बीच में उसको बिच्छी ने जकड रखा था। उसके शरीर में कोई हरकत नहीं हो पा रही थी जैसे शरीर को लकवा मार गया हो और ज़ुबान किसी ने काट ली हो।

‘देख आसान शब्दों में समझ ले। जिंदगी इस बात पर निर्भर करती है कि तुम किन परिस्थितियों में किस चीज का चुनाव करते हो, क्या फैसला

लेते हो। और उसी फैसले के इर्द-गिर्द तुम्हारी दुनिया की बुनाई शुरू हो जाती है। तूने अपने लिए जो कुछ चुना था, जो बनाया था वोही तुझे भोगना होगा। वो सब तेरे ही तो फैसले थे। कुदरत ने तो तुझे हर बार चेताया था...तरह-तरह के इशारे किये थे। लेकिन तू उन इशारों को कभी समझ नहीं पाया। इसमें एक हद तक तेरी कोई गलती भी नहीं है अक्सर लोगों के साथ ऐसा ही होता है। याद कर जब-जब तू किसी परेशानी में फंसता था या कोई फैसला करना होता था तो तुझे अपने आस पास कुछ महसूस नहीं होता था क्या?'

टोनी को याद आया अक्सर उसे अपने आस-पास एक अजीब सा वहम होता था। परदे का हिलना, पास में किसी का महसूस होना, किसी का पीछा करना, बेवजह की आवाजें जो उसके दिमाग में उठती थी। तो क्या वो सब एक तरह के इशारे थे? कुदरत के इशारे। टोनी का शरीर तपने लगा। डर से वो काँप रहा था।

'जो कुछ भी लोगों के साथ होता है वो ऐसे ही खुद ब खुद नहीं हो जाता। ये साजिश होती है सृष्टी की, कुदरत की, तुम्हारे आस पास मौजूदा शक्तियों की; जिन्हें इंसान समझ नहीं पाता। कभी-कभी तुम्हारी कोई चीज खो जाती है। तुम सब जगह ढूंढते हो लेकिन वो तुम्हें नहीं मिलती। फिर तुम प्रार्थना करते हो, मुरादें मांगते हो या फिर और भी ज्यादा शिद्दत से उसे खोजने लगते हो तो कुछ देर बाद तुमको पता चलता है के अरे वो चीज तो तुम्हारी आँखों के सामने ही थी लेकिन दिख नहीं रही थी। जहाँ आस पास तुमने उसे ढूँढा था वो वही मिल जाती है। वो सब ऐसे ही नहीं होता। ये सब इशारे होते है। तुम्हारे आसपास मौजूद शक्तियां कुछ कहना चाहती है तुमसे।'

'अब भी यकीन नहीं होता तो ये देख' बिच्छी ने अपना हाथ हवा में चलाकर एक स्क्रीन बना दी, जिस पर वो खुद को किसी पागलखाने में कैद देख सकता था। मगर ये वो टोनी नहीं था बल्कि वो टोनी था जिसे उसकी जगह पर होना चाहिए था।' तेरी तरह ये टोनी खामोश नहीं रह पाया। अपने साथ हुयी त्रासदी को किसी को समझा नहीं पाया। सोच कर देख किसी का इतना सब कुछ एक रात में छीन जाए तो क्या महसूस करता होगा उसका जेहन।'

टोनी की आँखों के सामने उसका सब ऐश-ओ-आराम घूम गया।

'लोगों को लगा की ये टोनी फ्रस्टेशन में पागल हो गया है और उसे यहाँ बंद कर दिया। किसी का इतना कुछ छिन जाने के बाद वो पागल हो ही सकता है। लोग दूसरों को पागल मान लेते हैं मगर ये नहीं समझ पाते कि उस पागल के साथ क्या-क्या घटनाएं हुयी होंगी लौकिक और अलौकिक। ये सब बर्दास्त कर पाना दिमाग के बस में नहीं होता है। जो इस दुनिया के टोनी ने बनाया था वो...यहाँ पर है इस पागलखाने में। इस दुनिया को उसे भोगना चाहिए लेकिन यहाँ तो तू है। तुझे वापस जाना होगा अपनी उसी दुनिया में..लौट जा। वापस लौट जा वोही सही रहेगा। मन से चाहेगा तो लौट पायेगा। आज की रात ही, आज चन्द्र और सूर्य ग्रहण है। याद रखना जो तुम खुद के लिए चुनते हो ये दुनिया उसी तरह आकार लेती। लेकिन आखिरी फैसला तेरा ही है'।

धुएं का गुबार छटा, अब बिच्छी कहीं नहीं था। मगर उसकी सिगरेट टोनी के हाथ में ही रह गयी थी और सिगरेट के साथ साथ उसका साया भी। डरावना, काला और भयानक बहुत ही ज्यादा भयानक। टोनी आग सा तप रहा था AC उसे ठण्डा करने में नाकामयाब था। गाड़ी रुकी तो पसीने से तर टोनी नीचे उतरा। इस शहर में वो एक होटल में रुका था। वो

सीधे अपने कमरे में घुस गया। घर से आने वाले फ़ोन का भी जबाब देने की हालत में वो नहीं था। अभी जो उसके साथ घटा था उसने उसके दिमाग को साफ़ करने के बजाय उसमें और भी ज्यादा खलल पैदा कर दी थी। उसने ठन्डे पानी से मुंह धोया। और सामने शीशे में खुद के अक्स के बजाय बिच्छी नज़र आया। वो सहम कर पीछे हट गया। वो सच में बीमार था उसका दिमाग क्या-क्या कल्पना कर ले रहा था। कैसे इस भ्रम के मायाजाल से बाहर आये उसे कुछ सूझ नहीं रहा था। बिच्छी उसके कानों में चिल्ला रहा था लौट जा...लौट जा...

उसने गूगल करके देखा तो पाया कि उसके पहले और भी कई लोग इस तरह की चीजों का अनुभव कर चुके हैं। साइंस भी कहीं न कहीं इसको मानती है और दूसरे लोक में हमारे प्रतिरूप होने की बात को नकारती नहीं है। ऐसे अनुभव करने वाले सैकड़ों उदाहरण उसे मिले। तो क्या ये सब उसका भ्रम नहीं था? ये सब सच था। तो क्या उसे अपनी दुनिया में वापस लौटना होगा?

वापस लौटने की कल्पना भर से वो सिहर गया। इस सब को छोड कर वो वापस उसी दुनिया में नहीं जाना चाहता था। वो सरगम को फिर से खुद से दूर नहीं कर सकता था। ये घर, ये खुशियाँ, ये नाम, ये शोहरत, इज्जत पैसा ये सब वो कैसे ठुकरा के जा सकता है। बिच्छी ने बताया था कि जैसे फैसले हम करते है हमारी दुनिया वैसे ही बनती जाती है। अब उसने फैसला कर लिया था कि चाहें जो भी हो वो अब उस दुनिया में वापस नहीं जाएगा। लेकिन बिच्छी का ये कान फाड़ने वाला शोर उसे बैठने नहीं दे रहा था। उसे आराम की जरुरत थी एक अच्छी नींद की जरुरत। उसने अपने बैग से एक पुड़िया निकाली। ये पुड़िया उसे अपनी अलमारी में कुछ तलाशते वक़्त मिली थी, ये पुड़िया शायद दूसरे टोनी की थी। अपनी

बेचैनी को कम करने का इससे अच्छा इलाज उसके पास उस वक़्त नहीं था। उसके कान फट रहे थे, उस अजीब से शोर से। उसने सामने की मेज पर पुड़िया के पाउडर से सफ़ेद लकीरें बनायी और उन लकीरों को नाक से खींच कर मिटा दिया। आवाजों का शोर धीमें-धीमे धीमा होता चला गया और टोनी एक आराम की नींद सो गया।

उधर दूसरी दुनिया में टोनी मोंटाना अपनी जिंदगी से इस कदर तंग आ गया था की वो अब और जीना नहीं चाहता था। एक रात में उसका सब कुछ छिन गया था। जैसे वो अब तक किसी खूबसूरत सपने में जीता आया हो। उसका पहला प्यार क्रिकेट और दूसरा सरगम दोनों ही अब उसके पास नहीं थे। दुनिया उसको पागल समझने लगी थी..विक्षिप्त, मानसिक विक्षिप्त। वो लोगों को समझाता भी तो क्या उसे तो खुद ही समझ नहीं आ रहा था। उसने बहुत दिन तक इस बात का इंतज़ार किया के अगली सुबह जब वो उठेगा तो सब पहले जैसा नार्मल हो जायेगा। उसे उसकी खोयी हुयी जिंदगी वापस मिल जाएगी लेकिन वो सुबह कभी नहीं आई। उसे इस दुनिया में अब नहीं जीना था। यही उसका फैसला था। पागलखाने की छत पर खड़ा हुआ वो यही सोच रहा था। उसके सपने मर चुके थे, उसकी दुनिया उजड़ चुकी थी। अब इस जिंदगी के कोई मायने नहीं थे। उसने आँखें बंद की और छलांग लगा दी। अगली सुबह किसी अखबार ने उसके बारे में कोई खबर नहीं छापी। किसी पागल की मौत के बारे में जानने की किसी की दिलचस्पी नहीं थी।

वहीँ किसी दूसरी दुनिया में खबर छपी, *"मशहूर क्रिकेटर टोनी मोंटाना की संदिग्ध परिस्थितियों में एक होटल के कमरे में मौत। शुरूआती जांच में उनके खून में ड्रग्स के लक्षण मिले है। लेकिन अभी कुछ भी सही से कह पाना मुश्किल है। जांच जारी है। सूत्रों के हवाले से ये पता चला ये*

कि पिछले कुछ महीनों से टोनी काफी तनाव में थे। उनका इलाज चल रहा था और वो यहाँ डॉक्टर से ट्रीटमेंट के लिए ही आये हुए थे। अपनी ख़राब फॉर्म के चलते वो एक मुश्किल दौर से गुजर रहे थे। उनके ड्राईवर ने अक्सर उनको खुद से बातें करते और अजीब सा बर्ताब करते हुए भी देखा था। शायद वो अपनी असफलता को स्वीकार नहीं कर पाए थे और ड्रग लेने लगे थे और नशे की हालत में बिल्डिंग से गिर गए। भारतीय टीम के लिए ये एक बुरी खबर है और उनके लाखों चाहने वालों के लिए एक बड़ा सदमा है, जिससे उबरने में काफी वक़्त लगेगा।''

As soon as we renounce fiction and illusion, we lose reality itself; the moment we subtract fictions from reality, reality itself loses its discursive-logical consistency.

जैसे ही हम कल्पना और भ्रम को मानने से इंकार करते हैं, हम वास्तविकता को ही खो देते हैं; जिस क्षण हम कल्पनाओं को वास्तविकता से घटाते हैं, तो वास्तविकता भी स्वयं अपनी विवेकपूर्ण-तार्किक संगति खो देती है।

-Slavoj Žižek, Slovenian Philosopher

3

जेहन

प्रकृति सब बताती है, हर किसी को, किसी न किसी तरह से, संकेतों से, इशारों से आने वाले समय के लिए सजग करती है, चेतावनी देती है। लेकिन कुछ लोग ही इस तरह के इशारों को समझ पाते हैं। यहाँ तक की जानवर भी प्रकृति के आने वाले परिवर्तनों से पूर्वाग्रहित होतें हैं। जैसी मोर को आभास हो जाता है कि बारिश होने वाली है। ग्रीक मिथोलोजी के अनुसार देवताओं के राजा जियुस की पत्नी हेरा ने अपने सुरक्षा प्रहरी आर्गोस(जो सैकड़ों आँखें रखता था) कि सारी आँखें निकाल कर अपने पालतू पक्षी मोर की पूँछ में लगा दी थी। इसी वजह से मोर की पूँछ में सैंकड़ों आँखों की आकृति दिखाई देती है, दरअसल वो कभी आर्गोस की आँखें थीं। अपनी इन्हीं आँखों के कारण मोर को मौसम का ज्ञान रहता है। इसी तरह से चीटियों को भी बहुत ज्ञान होता है। वे मौसमों को जानकारी रखती हैं, वो भूकंप के बारे में पहले से जान जाती हैं, अपने खाने का इंतजाम करने के लिए सजग रहती है और इंसानों की तरह एक समाज बनाकर सभ्यता में रहती हैं।

महाभारत के अनुसार राजा पांडू ने जंगलों में रहते हुए सालों तक कठिन साधना और तपस्या से दुर्लभ ज्ञानार्जन किया था लेकिन उन्हें ये नहीं पता था कि उस ज्ञान को वो अपने बच्चों पांडवों को कैसे दें? इसलिए उन्होंने

अपने पाँचों बेटों से कहा था कि मेरी मृत्यु के पश्चात मेरे मांस को सभी भाई बाँट कर खा लें तो उनका समस्त ज्ञान उनके पुत्रों में भी आ जायेगा। लेकिन उनके मरने के बाद प्रेमवश कोई भी पुत्र वैसा न कर सका सिवाय सहदेव के। सहदेव ने पांडू के दिमाग के तीन टुकड़े खाए थे और इतने में ही उन्हें भूत, वर्तमान और भविष्य का ज्ञान हो गया था। किन्तु उनके शरीर का एक हिस्सा चीटियों ने भी खाया था जिसके कारण चीटियों में वो सारे गुण आये जो उन्हें प्रकृति का ज्ञान देते हैं।

इंसानों में भी इस तरह के गुण होते हैं लेकिन कहीं भीतरी चेतना की गहरी तहों के नीचे दबे हुए। कुछ लोग योग-साधना के जरिये उन्हें जगा लेते हैं और लेकिन बाकी के साधारण लोगों के साथ भी प्रकृति नाइंसाफी नहीं करती उन्हें किसी न किसी तरह से सन्देश और चेतावनी देती है लेकिन बहुत कम लोग ही उन संकेतों को समझ बूझ पाते हैं।

***

छाया एक औसत दिखने वाली साधारण सी लड़की है जो अपने मां-बाप की एकलौती संतान होने के कारण लाढ़-प्यार में पली बढ़ी हुयी थी और इसी कारण से वो थोड़ी गुस्सैल और चिढ़चिढ़ी भी हो गयी थी। उसका शरीर दुबला-पतला सा था और उम्र के पड़ाव ने उसके गालों को मुंहासों से भर दिया था। उसके शरीर का उभार बाकी लड़कियों जैसा नहीं था और अब तक शायद ही कोई लड़का होगा जिसने उस पर कभी डोरे डाले होंगें। इन्ही सब कारणों के चलते उसका मन अवसाद और कुंठा से भर गया था। वो हर बात से खफा और चिढ़ी हुयी रहती थी। ऐसा नहीं था कि हमेशा से उसका कोई दोस्त नहीं था जिनसे अपने मन की भावनाओं को कह पाती। कई लड़के-लड़कियों से उसकी करीबी दोस्ती रही थी, लेकिन हर बार हर रिश्तें में छलावा, धोखा, स्वार्थ हावी हो जाता और

अंत में सिर्फ कड़वाहट ही रह जाती। उसके जेहन में उन्हीं पुराने रिश्तों की खटास से भरी रहती और कभी-कभी तो उसे इतनी एन्जायटी हो जाती कि उसे सूदिंग पिल्स का सहारा लेना पड़ता। उसे हर शख्स खुद से जुदा नज़र आता था। वो खोज रही थी किसी ऐसे शख्स को जो उसे समझ सके, उसके जैसा हो लेकिन वो तो एक ही थी।

कॉलेज ख़तम करने के बाद उसने इंडीपेंडेंट होने का फैसला किया था और घर से पैसे लेना बंद करके नौकरी करके खुद के पैसों पर गुज़ारा करने लगी थी। अपने जन्मदिन की रात को अपने फ्लैट में अकेली बैठी सुबक रही थी क्यों? क्योंकि आज उसके ऑफिस के लोगों ने उसका जन्मदिन सेलिब्रेट करने के लिए एक केक मंगाया था। सबने उसके लिए *हैप्पी बर्थ डे टू यू* गाया, तालियाँ बजायीं, उसने केक काटा। यहाँ तक वो खुश थी, उसे अच्छा लग रहा था। फिर कुछ लोगों ने उसके चेहरे पर केक मल दिया जो उसे बिलकुल अच्छा नहीं लगा। फिर उन लोगों ने उसको एक गिफ्ट दिया जिसे उन सबने खोलने की जिद की। जब छाया ने गिफ्ट खोल कर देखा तो उसमें एक पिम्पल्स ख़तम करने की क्रीम थी। उसका जी अचानक से भर आया और रोने को मन करने लगा। बात यहीं तक थम जाती तो ठीक था लेकिन फिर किसी ने उस मजाक को आगे बढ़ाते हुए ये कह दिया की *छाया इस क्रीम से तुम्हारे दोनों पिम्पल्स ठीक हो जायेंगे, चेहरे के भी और छाती के भी।* ये सब छाया के लिए बेइज्जती थी; जिसे सहन कर पाना कठिन था। सब ठहाके लगा कर हंस रहे थे, वो उन सबकी हंसी को पीछे छोड़ने के उद्देश्य से वहां से बाहर निकल आयी। उसके पास मौका था कि वहीँ रूककर उनके मजाक का सामना करती लेकिन उसने वहां से चले जाना ही चुना। वो वहां से आ तो गयी थी लेकिन उनकी हंसी के ठहाके उसका पीछा करते हुए उसके कानों में गूँज

रहे थे। उसने तय कर लिया था वो उन घटिया लोगों के बीच रहकर नौकरी नहीं कर सकती इसलिए उसने अपने मेल के ड्राफ्ट्स में से अपना इस्तीफा निकाला और अपनी कंपनी को फॉरवर्ड कर दिया।

ये सब आज उसके जन्मदिन पर ही होना था। रोते हुए उसके जेहन में बस एक ही बात गूँज रही थी कि काश उसके जैसा कोई होता तो उसकी बातों को, उसके दुःख को, उसके मन को समझ पाता। जिसके साथ वो हमेशा खुश रह सकती। यही सब सोचते हुए वो सो गयी।

नींद में वो ना जाने कौन सी जगह पहुँच गयी जहाँ सब धुंधला था, अँधेरा था। वो अकेली थी किसी सुनसान जगह पर। उसके सामने एक साया था जो उसे डरा रहा था, एक हाथ उसकी तरफ बढ़ रहा था कि वो अचानक चीख कर उठ गयी। उसका शरीर जैसे तप रहा था और बिस्तर पसीने से गीला हो चुका था। आधी रात का कोई प्रहर रहा होगा। उसने घड़ी में देखा तो पांच बज रहे थे, लेकिन वो भूल गयी थी कि घड़ी तो दो दिन से ख़राब थी। पिछले कुछ दिनों से खुद को फिट रखने के लिए उसने सुबह में रनिंग शुरू की थी। आज उसका जाने का मन नहीं था लेकिन फिर भी वो उठकर वहां से चल दी। जब वो जाने के लिए रेडी हो रही थी तो उसे मोज़े नहीं मिल रहे थे। जूते सोफे के नीचे घुस गये थे। जूतों को जितना निकालने की कोशिश कर रही थी ऐसा लग रहा था कि वो और अन्दर घुसते चले जा रहे हैं और बाहर आना ही नहीं चाह रहे हों। बहुत देर की मशक्कत के बाद जब जूते निकले तो वो रेडी होकर घर से निकल गयी। कल की बातें दिमाग में अभी तक घूम रही थीं उसी सब को सोचते-सोचते वो पिछले दिनों से ज्यादा देर तक और ज्यादा दूर तक दौड़ आई थी। जब वो थक गयी तो उसने रुक कर अपने दोनों हाथ अपने घुटनों पर रखे और हांफने लगी। उसकी आँखें लगभग बंद थी। रोज जब वो घर से

इतने समय निकलती थी तो थोड़ी ही देर में दिन निकल आता था लेकिन आज तो अँधेरा बहुत गहराया हुआ था और सुबह का कोई नामो-निशाँ नहीं था। उसने हलके से आँखें खोल कर देखा तो खुद को एक अनजान जगह पर पाया। दौड़ते हुए वो न जाने कितनी दूर निकल आई थी उसे समझ नहीं आ रहा था। वो एक अजीब सी खुली हुयी जगह थी, सुनसान, डरावनी और धुन्ध से भरी हुयी। कुछ भी साफ़ नज़र नहीं आ रहा था।

इतनी देर तक दौड़ने के बाद भी उसके शरीर में किसी तरह की गर्मी नहीं आई थी बल्कि इस जगह पर तो उसे बहुत ठंड महसूस हो रही थी, गला देने वाली, सीलन भरी ठंड। झींगुरों के रोने की आवाजें तेज होती जा रही थीं। उसके दिमाग ने काम करना बंद कर दिया था और उसे समझ नहीं आ रहा था कि क्या किया जाए। तभी उसे अपने सपने के जैसा एक साया अपनी तरफ बढ़ता हुआ दिखाई दिया। वो घबरा कर उलटे कदम भागने लगी और चार-छह क़दमों के बाद ही वो किसी से टकरा गयी। उसका दिल देहल गया और एक जोर की चीख उसके मुंह से निकली।

'ख़बरम रसीदा इमशब, के निगार ख़ाही आमद, सर-ए-मन फ़िदा-ए-राही के सवार ख़ाही आमद' छाया जिस शख्स से टकराई थी उसी शख्स के मुंह से ये लफ़्ज फुसफुसाहट में निकले थे।

छाया का डर खौफ बनकर उसके चेहरे आर तैर रहा था। वो एक अनजान परिस्थति में फंस गयी थी। ऐसी रातों में एक अकेली लड़की के साथ क्या-क्या हो सकता है वो इस बात से पूरी तरह वाकिफ थी। लेकिन उसे इस वक़्त किसी आदमी, लूटेरे या रेपिस्ट का डर नहीं था। उसे डर था तो अनजान और खौफनाक ताकतों का। डर ने उसके पैरों को जमा दिया था। वो एक कदम चलने तो क्या हिलने के काबिल भी नहीं थी। वो सायेनुमा

शख्स धुंध को चीरते हुए उसके पास आया और उससे पूछा, 'कैसी हो छाया?' वो एक आदमी की भारी और भर्राई हुयी आवाज थी। एक बड़े कोटनुमा लबादा सा ओढ़े वो शख्स उसके और पास आता जा रहा था। उसके बाल लम्बे और बिखरे थे, रोशनी की कमी के चलते वो उसका चेहरा नहीं देख पा रही थी। लेकिन उस शख्स को उसका नाम कैसे पता? छाया के शरीर के साथ उसका खून भी जमने लगा।

'घबराओं नहीं। तुम्हारी इस शिद्दत भरी खोज के चलते ही तो मैं आया हूँ। तुम्हारे पास, तुमसे मिलने, तुम्हारी तलाश को पूरा करने.' उस शख्स ने अपनी भर्राई हुयी आवाज में कहा।

लेकिन छाया को कुछ समझ में नहीं आ रहा था। उसकी हार्ट बीट इतनी बढ़ी हुयी थी कि वो हार्ट अटैक का शिकार भी हो सकती थी। ठंड से उसका शरीर जमा जा रहा था। उस शख्स ने स्थिति को चीटियों की तरह भांप लिया और अपने दांयें हाथ के अंगूठे को छाया के माथे के बीचो-बीच रख दिया। छाया को लगा जैसे उसके शरीर में बिजली का झटका लगा हो, जो उसके माथे से होकर पूरे शरीर में फ़ैल गया हो। वो उस वक़्त अपने शरीर की एक-एक नब्ज को महसूस कर सकती थी। कुछ ही पलों में उसका शरीर थोड़ा हल्का हुआ लेकिन उसकी हालत अभी भी नार्मल नहीं हो पायी थी। हाँ उसकी उत्तेजना थोड़ी सी कम जरूर हुयी थी। लेकिन वो भाग पाने की हालत में अब भी नहीं थी। अब चुपचाप आगे क्या होने वाला है ये देखने के सिवाय उसके पास कोई चारा भी नहीं था। उस साए ने छाया के माथे से अँगूठा हटाया और बोला, 'बैठ कर बात करें, ज्यादा अच्छा रहेगा' लेकिन वो एक खुला मैदान था वहां बैठने के लिए कोई जगह नहीं थी। उसने छाया को अपने बाएं हाथ से इशारा करते हुए कहा 'जाओ वो पत्थर उठा लाओ' छाया मंत्रमुग्ध सी किसी रोबोट

के माफिक चुपचाप एक बड़ा सा पत्थर जो पास में ही पड़ा था, उसको उठाने के लिए चल दी। कोई सूरत नहीं थी वो उस पत्थर को हिला भी सकती हो लेकिन वो बड़ी आसानी से उस पत्थर को उठा कर ले आई। जब तक वो पत्थर उठा कर लायी तो उसने देखा वो आदमी खुद एक बड़े से पत्थर पर बैठा हुआ और सामने कुछ लकड़ियाँ भी पड़ी हुयीं थी। जबकि दो पल पहले तक वहाँ ऐसा कुछ भी नहीं था। उसे खुद पर भी यकीन नहीं हो रहा था कि वो क्यूँ उस शख्स की बातें सुन रही है और ना जाने कहाँ से उसमें इतनी अपार शक्ति आ गयी के जो इतने बड़े पत्थर को इतनी आसानी से उठा लायी।

'बैठ जाओ' उस शख्स ने फिर से अपनी भर्रायी हुयी आवाज में आदेश दिया।

छाया वो पत्थर रखकर उस पर बैठ गयी।

'बहुत ठंड लग रही है न तुमको' उसने कहा...

छाया कुछ भी बोलती उससे पहले उसने अपने दोनों हाथों की हथेलियों को रगड़ा और उनमें से ऐसे चिंगारियां फूटने लगी जैसे वो हाथ न होकर दो पत्थर हों। वो चिंगारियां नीचे पड़ी लकड़ियों पर जाकर गिरी और वो लकड़ियाँ धधक के जल उठीं। आग की उस तेज रोशनी में पहली बार उस शख्स का चेहरा उजागर हुआ। एक भारी धीर गंभीर चेहरा और चेहरा की बनावट कुछ ऐसी थी कि जैसे किसी पत्थर की मूरत को तराशा गया हो। बिखरे से बालों के बीच से झांकता माथा जिस पर ढेर सारी लकीरें थीं और एक गहरा सा निशान, कहीं कहीं से पकी हुयी हलकी दाड़ी और होंठों पर एक कुटिल मुस्कान। उस चेहरे को देख कर कोई भी सकपका सकता था लेकिन छाया फिर भी संयमित होकर उसके सामने

बैठी रही, कुछ देर बीत जाने की वजह से या फिर आग की गर्मी की वजह से पता नहीं।

उसने अपने कोट की जेब में हाथ डाल कर एक फ्लास्क निकाला और उसका ढक्कन खोल कर उसमें से एक काढ़ा जो हलके हरे रंग का था, निकाल कर उसी ढक्कन में डाला और उसे छाया की तरफ बढ़ा दिया, 'लो पियो'।

छाया ने चुपचाप वो अपने हाथों में पकड़ कर एक घूंट भरा। अगले ही पल उसका शरीर एक गर्मी से भर गया। अब वो बात करने की हालत में थी। उसका डर धीरे-धीरे कम हो रहा था। अब तक वो ये समझ ही चुकी थी कि उसके सामने कोई साधारण आदमी नहीं बैठा है। इसकी हकीकत जानने के लिए उसने पूछ ही लिया, 'कौन हैं आप'।

वो जैसे की जबाब देने के मूड में नहीं था। छाया ने फिर से जोर देकर पूछा, 'कौन हैं आप प्लीज बताइए न' 'अहं ब्रह्मास्मि' उस शख्स ने कहा और हंसने लगा।

छाया को कुछ समझ नहीं आया वो पागलों की तरह उसकी तरफ देख कर बोली, 'मतलब?'

'मैं काल हूँ, कपाल हूँ,

मैं भूत-भविष्य काल हूँ,

कमजोर की मैं ढाल हूँ,

नासमझ! मैं बवाल हूँ,

सिमटूँ तो मैं अकिंचन,

विस्तार में विशाल हूँ,

जग का मैं महिपाल हूँ

जो खतम न हो वो साल हूँ,

अहं ब्रह्मास्मि'

छाया को एक शब्द भी समझ नहीं आया। पर उस आसमानी बला का बोलना जारी था,

'नाम क्या है मेरा ये तो मुझे खुद भी नहीं पता, पर लोग मुझे बिच्छी कहते हैं। बिच्छी अंधेरों का सरताज, डूबतों का तिनका और उम्मीद का सहारा। लोग मुझे आसमानी बला, अस्वत्थामा, जिन्न और न जाने क्या-क्या कहते हैं। मैं तो खोज का सौदागर हूँ जब कोई शिद्दत से किसी चीज की खोज में लगा रहता है तो ये प्रकृति मुझे उसके पास भेज देती है, रास्ता दिखाने के लिए। तुम मुझे अपना गाइड भी कह सकती हो'।

छाया के लिए अब भी सब कुछ अबूझ था।

'ये जो सुलगता रहता है ना भीतर-अंदर, उसे बहा दो निकल जाने दो। नहीं तो एक रोज ये सैलाब इकट्ठा होकर तुमको ही बहा ले जाएगा। ये दुनिया तुम्हारे हिसाब से नहीं चलती है। बाहर की परिस्थितियों पर तुम्हारा कंट्रोल नहीं हो सकता, तुम सिर्फ अपने भीतर की स्थिति को काबू कर सकती हो लेकिन तुम से उतना भी नहीं हो पा रहा है' 'लेकिन लोग हैं कैसे। स्वार्थी, घमण्डी, अकड़ू, सामने वाले को बेवकूफ बनाने वाले, बात-बात पर झूठ, दगाबाजी करने वाले। ऐसे लोगों के बीच कोई कैसे खुश रह सकता है?' छाया न जाने कैसे ये सब बोल गयी जबकि वो बस चुप रहना चाहती थी।

'खुश रहना कोई कला तो नहीं है जो किसी किसी को मिली हो या जो कोई सीख ले। ये एक स्वभाविक प्रक्रिया है जिसे हम अपने पास होने वाली घटनाओं से प्रभावित कर देते हैं। अगर तुम्हारी ख़ुशी इस बात पर निर्भर करती है कि बाहर की दुनिया में क्या हो रहा तो तुम अपने बाहर की दुनिया के गुलाम हो। तुमने अपने भीतर की आवाज को सुनना बंद कर दिया है। ये जो आवाजें और ख्वाहिशें तुम्हारे मन में कूदती रहती है जरा गौर करके देखो क्या ये सच में तुम्हारे मन की गहराईयों से उठ रही हैं?'

वो छाया के मन के बारे में इतना कुछ कैसे जानता है, ये चौंकने वाली बात तो थी लेकिन छाया तो जैसे उस पत्थर के ऊपर बैठ कर खुद ही कोई पत्थर बन गयी थी। उसके हाथ पांव सुन्न हो चुके थे लेकिन कान, नाक, मुंह समेत उसकी पाँचों इन्द्रियां काम कर रही थीं।

अपने फ्लास्क में से एक सिप लेकर बिच्छी ने बोलना जारी रखा, 'दुनिया की हर चीज में उतार चढ़ाव होता है। दुनिया के ज्यादातर लोग रिश्तों से, लोगों से बहुत कुछ उम्मीद रखते हैं...हाँ उम्मीद रखना ख़राब नहीं है लेकिन इसकी एक सीमा होती है। रिश्ते, मन और लगाव ये सब वेरिएबल होते हैं, उनमें उतार-चढ़ाव रहेगा ही। तुम्हारी हर उम्मीद पर सामने वाला खरा नहीं उतर सकता। अगर तुम रिश्तों में स्थिरता चाहती हो तो तुमको मरे हुए लोगों से या पत्थरों से रिश्तें बनाने होंगे क्यूंकि स्थिरता उन्हीं में रहेगी वो हमेशा एक जैसे रहेंगे। इसीलिए तो लोगों का भगवान् से ऐसा ही रिश्ता होता है स्थिर। वो महीनों तक भगवान को याद नहीं करेंगे और फिर एक दिन जब भी वो उनसे मिलेंगे तो भगवान बिलकुल पहले की तरह ही मिलेंगे। लेकिन दुनियादारी में ये संभव नहीं हैं'।

छाया समझने की कोशिश कर रही थी लेकिन उसके मन में चल रहा था कि कैसे उसने कितने लोगों को अपना बनाने की कोशिश की लेकिन धीरे-धीरे ही हर एक रिश्ते में बस कड़वाहट और बुरे अनुभव रह गये थे। उसे तो लगभग हर एक इंसान सिर्फ दुःख और तनाव ही देकर गया था। हाँ उसकी परेशानियाँ छोटी जरुर थी लेकिन वो किसी बड़ी मुश्किल जितना ही दुःख उसको दे रही थीं।

बिच्छी ने जैसे पढ़ लिया हो कि छाया के मन में क्या चल रहा था। वो फिर से बोला,

"Life has many ups and downs, Loving smiles and also frowns. Good events and some are bad, Happy emotions, others mad. It can be a bumpy ride, How you handle it, you decide!"

'लेंगस्टन ह्यूज़ अमेरिकन पोएट था। उसी की कविता है' बिच्छी ने अपनी भर्राए गले से कहा और फिर ऊँचे सुर में गुनगुनाने लगा, '*अरे जिंदगी है खेल कोई पास, कोई फ़ेल। अनाड़ी है कोई खिलाड़ी है कोई।* ये जिंदगी एक खेल है। एक विडियो गेम जैसा। इसका अगला हर पल तुम्हारे इस पल की चॉइस पर टिका है। जो चुनोगे तुम्हारी दुनिया उस चुनाव के इर्द-गिर्द बुनने लगेगी। अब चॉइस तुम्हारी है क्या चाहती हो खुद को बदलना या खुद में ही डूब जाना.' बिच्छी ने अपनी दोनों भोहों के साथ अपने कंधे उचकाकर पूछा।

पूरी बातचीत में पहली बार पहली बार छाया की भावनाएं जागी और वो रुंधे गले से बोली 'ये दुनिया, यहाँ के लोग, इनकी बातें, इनकी घटिया सोच I am sick of that, मैं नहीं जी सकती इनके बीच। क्या मेरे जैसा इस दुनिया मैं कोई नहीं हैं। मुझे अपने जैसा-खुद के जैसा कोई

चाहिए और अगर ऐसा कोई है ही नहीं तो भगवान् ने मुझे ही ऐसा क्यूँ बनाया' और अपना मुंह झुकाकर फूट-फूटकर रोने लगी।

कुछ पल रो लेने के बाद जब उसने अपना मुंह उठाकर देखा तो सामने पत्थर पर कोई आदमी नहीं बैठा था और न कोई आग जली हुयी थी। सामने बस एक बड़ा सा कौआ बैठा था। एक पल को उसे लगा की बिच्छी ने कौऐ का रूप घर लिया है। लेकिन फिर उसे एहसास हुआ कि वो न जाने कहाँ आ बैठी है। वो जैसे किसी सपने से जगी हो। हड़बड़ा कर वो वहां से उठी और वापस चल कर अपने फ्लैट पर पहुंची। सुबह बस होने को ही थी। जब वो अपने बिस्तर पर लेटी वो अपने साथ हुयी घटना को एक वहम, अपना भ्रम मान कर सो गयी।

अगली दिन जब सुबह देर गए जब उसकी आँख खुली तो उसने अपने बिस्तर पर करवट लिए हुए किसी और को भी सोते देखा। वो घबरा कर बिस्तर पर से उठी और लगभग चीखते हुए बोली, 'ककक क्क कौन? कौन हो तुम?'

उस करवट लिए लेटी हुयी आकृति ने पलट कर देखा तो छाया के होश उड़ गए। उसका गला, पेट, नाभि सब उसकी एड़ी तले आ गये। उसे लगा जैसे वो अभी भी सपने में हो क्यूंकि उसके सामने कोई और नहीं बल्कि वो खुद ही थी। सामने लेटी हुयी उस लड़की ने जो की हुबहू छाया जैसी थी ने मुस्कुरा कर कहा, 'गुड मोर्निंग..। छाया' छाया घबरा कर बिना देखे कमरे में चीखते हुए भागने लगी और घबराहट में ही ड्रेसिंग टेबल से टकरा कर नीचे गिर गयी। उसने आईने में देखा तो उसके माथे पर हूबुहू वैसा निशान बन गया जैसा कि उसने बिच्छी के माथे पर देखा था। उसकी आँखें अभी भी आईने पर ही थीं। वो कोई सपना नहीं था, आईने में उसे साफ़ नज़र आ रहा था कि उसकी डुप्लीकेट लकड़ी अभी भी उसी की

तरफ देख रही थी। वो लड़की भागते हुए छाया की तरफ आई, 'ओह गॉड छाया तुम ठीक तो हो न?' उस लड़की ने छाया को थामा और फिर पास की अलमारी में रखी एक एंटीसेप्टिक क्रीम निकाल कर छाया के माथे पर लगा दी। छाया के समझ में नहीं आ रहा था कि आखिर माजरा है क्या? क्या वो पागल हो गयी है या फिर अपनी कल्पनाओं के भंवर में ऐसा घिर गयी है जहाँ उसे ये ऐसे ऊल-जलूल भ्रम हो रहे हैं। लेकिन वो लड़की तो सच में कमरे में खड़ी थी।

'कौन हो तुम?' छाया ने फिर हिम्मत करके पूछा,

'तुम्हें नहीं पता' लड़की खिलखिलाने लगी, 'मैं..मैं छाया'

'झूठ बोल रही हो तुम। छ..छ..छाया तो मैं हूँ' छाया हकलाकर बोली,

'मैं सच कह रही हूँ। मैं भी छाया हूँ। तुम्हारे ही जैसी बिलकुल तुम्हारे जैसी। तुम्हारी ही छाया। तुम्हारा ही रूप। तुम अपने जैसा ही कोई चाहती थी न? तुमसे बेहतर तुम्हारे जैसा कौन हो सकता है' उस लड़की ने कहा...

दूसरी छाया ने पहली छाया को बड़े प्यार से माथे पर क्रीम लगायी। छाया जैसे किसी और दुनिया में थी। वो सदमा था, कल्पना, सपना या अजीब सी हकीकत कुछ भी उसके लिए साफ़ नहीं हो पा रहा था। छाया को अचानक से किसी के लिए अपनापन एक सीधा जुड़ाव महसूस हुआ। वो खुद को रिलैक्स महसूस करने लगी। छाया ने देखा की वो छाया की ही तरह पूरे घर से वाकिफ है। एक-एक सामान कहाँ रखा है उसको भी सब मालूम था। दो ही घंटे बीत जाने पर छाया को एहसास हुआ कि वो सच में ही उसके जैसी है उसके जैसी आदतें और उसके जैसी ही बातें।

छाया के मन में कॉफ़ी पीने का ख्याल आया। तो दूसरी छाया ने झट से कहा कि कॉफ़ी पीने का मन हो रहा है मैं बना कर लाती हूँ।

वाह ये तो कमाल था। छाया को तो एक मन से जुड़ा हुआ साथी मिल गया था। दूसरी छाया ब्लैक कॉफ़ी बना कर लायी, जैसी की छाया को पसंद थी। छाया अभी भी हैरान थी कि कैसे वो उसकी खाने पीने की आदतें भी जानती है। दोनों में बातें शुरू हुयी तो ऐसी बातें होने लगीं जैसे कि वो कभी ख़तम ही नहीं होंगी, एक जैसी बातें।

छाया ने अपने बिखरे बालों को देखकर कुछ सोचा और झट से दूसरी छाया ने उसके बालों की एक सुन्दर सी चोटी बना दी।

छाया ये देख कर बहुत खुश हुयी वो रोज ऐसे ही नए तरीकों से अपने बालों को सजाना चाहती थी, अब उसके मन की हो रही थी। दोनों अब तक सहेली हो चुकी थीं, बहनों से भी बढ़कर, जुड़वां बहनों से भी कहीं ज्यादा, जहाँ छाया के मन की एक एक बात, एक-एक भावना दूसरी छाया समझती थी। दोनों आपस में बहुत ख़ुशी से रहने लगी। वो घंटों एक जैसे ही किसी टॉपिक पे बतियाती रहती बचपन के बारे में, स्कूल के बारे में, खाने के बारे में, मेक-अप के बारे में, लड़कों के बारे में, पीरियड्स के बारे में, सेक्स के बारे में और दुनिया जहान भर के बारे में। उनकी सोच, आदतें एक जैसी ही थीं।

'वाओ, ये ड्रेस कितना सेक्सी है यार' दूसरी छाया,

'हाँ, ये मैंने बंगलोर से लिया था'।

'हम्म सच में! इसका फैब्रिक भी कितना अच्छा है'

'ऐसा करो आज इसको ही पहन कर बाहर चलो। मुझे मालूम है ये तुम पर बहुत जंचेगी'

'आज खाना बनाने का मन नहीं कर रहा'

'हाँ यार मेरा भी'

'एक काम करते हैं पिज्जा आर्डर कर देते हैं'

'हाँ मेरा भी बड़ी देर से पिज्जा खाने का मन कर रहा था'

'यार कांसटीपेशन हो रहा है'

'सेम हियर'

'लगता है हम लोग खाने में फाइबर अच्छे से नहीं ले रहे है'

'ह्म्म्म...अलसी में फाइबर बहुत होता है वो खाना चाहीए'

'अच्छा चलो में अमेज़न से आर्डर कर देती हूँ'।

साथ खाना, साथ उठना, बैठना, सोना, घूमना फिरना छाया की जिंदगी कितनी रंगीन चल रही थी। छाया को अपनी नयी साथी रास आ रही थी। वो बिलकुल छाया जैसी ही थी लेकिन कभी कभी उनके बीच में अभी आपस में तनाव होता था। जब छाया का मूड ख़राब होता तो दूसरी छाया का भी कुछ वैसा ही हाल होता।

'मैंने तुमको लास्ट टाइम भी बोला था न कि मेरी चीजों को हाथ मत लगाया करो। कहाँ रखा है 1 घंटे से ढूंढ रहीं हूँ नहीं मिल रहा है। आइन्दा

से कुछ भी टच मत करना' छाया ने चिल्लाते हुए कहा' 'मैंने कहा न मैंने नहीं छुया तुम्हारी घटिया लिपस्टिक को। और आइन्दा से मुझे कहना भी मत किसी काम की' दूसरी छाया भी उतने ही ताव में बोली' आदमी दूसरों से क्या खुद से भी ऊब जाता है। वो कहते हैं न कि *अच्छा है दिल के पास रहे पासवाने हक़, लेकिन कभी-कभी इसे तनहा भी छोड दे'* जब जैसा छाया का मूड होता वैसा ही दूसरी छाया का भी हो जाता खुश तो खुश और दुखी-परेशान तो उधर भी कुछ वैसा ही। जब आदमी खुद से बोर और परेशान हो सकता है तो अपने प्रतिरूप क्यों नहीं? आखिरकार वो तो उसके ही मन और उसकी ही सोच का हिस्सा थी। कभी-कभी छाया अपनी सहेली पर कुढ़ती लेकिन फिर धीरे-धीरे नार्मल हो जाती।

धीरे-धीरे छाया इस सब से खीजने लगी। जब आदमी खुद से खीझ जाता है तो उस वक़्त उसे किसी दूसरे की तलाश होती है। लेकिन छाया के पास एक ही साथी था। जब एक बार फिर छाया का मन उदासी से घिरने लगा तो उसने एक रोज मूड रिफ्रेश करने के हिसाब से हॉलिडे प्लान किया हिमाचल का, जहाँ वो हमेशा से जाना चाहती थी। और अब उसके साथ दूसरी छाया भी थी उसे पूरा भरोसा था कि ट्रिप के बाद वो एक दम से फिर रिफ्रेश हो जाएगी एक नई शुरुआत के लिए। छाया ने ट्रेन के दो टिकट और होटल बुक करवाया और निकल पड़ी अपनी काया और छाया के साथ।

वहां पहुँच कर दोनों ने खूब मस्ती की खूब घूमे। लेकिन जब-जब छाया का मूड स्विंग होता तब तब दूसरी छाया भी उसको सपोर्ट करने के बजाय उसके साथ वैसे ही रुडली पेश आती।

इस सब से एक रोज छाया तंग आ गयी। जब दूसरी छाया सो रही थी तो छाया सोचने लगी कैसी अजीब लड़की है ये दूसरी छाया; अचानक से इतना ख़राब बिहेव करने लग जाती है। गुमसुम हो जाएगी, बात करना बंद का देगी, अपने में ही खोयी रहेगी। कितनी सेल्फ सेंटर्ड है। जब अपना मन सही तो सब सही जब सामने वाले का मन हो तो उसका कोई भी ख्याल न रखना। इतना सेल्फिश कैसे हो सकता है कोई। फिर छाया के दिमाग की ट्यूबलाइट जली और उसे होश आया कि ये तो वो खुद ही है। ऐसा ही तो वो करती है सबके साथ। परिस्थितियां हमेशा एक जैसी नहीं रह सकती और सामने वाला क्या महसूस कर रहा है ये हम हमेशा नहीं समझ सकते। इसलिए सामने वाले की फीलिंग्स और सिचुएशन को अगर न भी समझे तो कम से कम नार्मल तो रहें। जिस ख़ुशी को वो बाहर तलाश रही थी वो उसके अन्दर ही थी। जब वो खुश रहना चाहे तो किसी दूसरे पर निर्भर नहीं रहने की जरुरत है और जब निर्भर हैं तो हमेशा तो खुश नहीं रह सकते। अब उसे लगा कि वो कितनी फालतू बातों का डेरा अपने दिमाग में लगाये रखती थी। कोई उसको कैसे झेलता होगा और दुनिया के लोग क्यूँ झेले? आखिर वो भी क्यूँ झेले? जब एक ही छाया बहुत है तो दूसरी क्यों?

अगले दिन छाया दूसरी छाया के साथ ट्रैकिंग पर निकली एक पहाढ़ की तरफ। पहाड़ पर चढ़ने से पहले उन्होंने नीचे एक दुकान पर चाय पी। चाय वाला एक मसखरा आदमी था।

'बहिन जी आप दोनों जुड़वाँ बहनें हैं?'

'हम्म हाँ ऐसा ही' छाया थोड़ा हिचक से जबाब दिया और पैसे देने के लिए अपने पर्स से 100 का नोट निकल कर चाय वाले को दिया चाय वाले ने नोट को गौर से देखा और मुंह उठाकर कहा, 'पहाड़ी पर मत

जाना' उसकी पतली और दबी हुयी आवाज की अपेक्षा ये आवाज बहुत भर्राई और भारी थी। छाया को लगा जैसे की वो आवाज बिच्छी की थी। अगले ही पल वो चायवाल फिर से बोला, 'बहिन जी छुट्टे पैसे नहीं है क्या' इस बार आवाज वैसे ही पतली सी थी 'नहीं..नहीं चेंज रख लो' वो हडबडा कर वह से निकल जाने को हुयी।

पीछे से चायवाला अपनी पतली सी आवाज में चिल्ला रहा था। संभल कर जाना बहिन जी ओस बहुत गिरी है पहाड़ी पर फिसलन होगी। लेकिन छाया उससे पीछा छुड़ाने के लिए उसे अनसुना करके वहां से जल्दी निकल गयी।

ट्रेकिंग काफी थकान भरी लेकिन मजेदार थी। वहां ऊपर पहुँच कर इतना सुन्दर दृश था कि आदमी वहीँ खोकर रह जाए। छाया को अपार शांति महसूस हुयी और उसी शांति से उपजा उसका ये ज्ञान कि दुनिया में एक ही छाया काफी है।

'तुम सच नहीं हो' छाया ने कहा 'मैं उतनी ही सच हूँ जितनी की तुम' दूसरी छाया ने कहा 'तुम्हारा अपना कोई वजूद नहीं है क्या? अपना कोई मन नहीं है क्या? मैं हंसती हूँ तो हंसती हो, मैं नाराज हूँ तो तुम भी वैसा ही करोगी क्या?'

'मेरा वजूद तो तुम्हारे मन से ही है न। तुम ही तो आखिर चाहती थी कि कोई तुम्हारे जैसा हो। तुम्हारी वजह से ही मैं ऐसी हूँ.' दूसरी छाया थोड़े गुस्से से ये सब बोली।

छाया को दूसरी छाया की बातें बहुत कड़वी लग रहीं थी। वो दूसरी छाया उसको धिक्कार रही थी या फिर वो खुद को। एक झटके में उसके जेहन ने फैसला किया कि इस दुनिया को दूसरी छाया की जरुरत नहीं है। बस एक

ही काफी है। उसने झटके से आगे बढ़कर दूसरी छाया को पहाड़ से नीचे धक्का देने की कोशिश की लेकिन वो फिर भूल गयी थी कि आखिर दूसरी छाया तो वही सोचती थी जैसा छाया सोचती थी। दूसरी छाया ने इस बात को समझ लिया और छाया के वार से सावधान होते हुए छाया को ही नीचे धकेल दिया। एक जोरदार गूंजती हुयी चीख के साथ छाया पहाड़ के नीचे रसातल की तरफ गिर पड़ी।

पहाड़ से नीचे की तरफ जो वापस जा रही थी वो दूसरी छाया थी। अब पहले वाली छाया नहीं रही थी। जब हम तूफानों से जिन्दा बचकर निकलते हैं तो हम उस आदमी के जैसे नहीं रहते जो तूफ़ान में फंसा था। फंसने वाला अन्दर ही रह जाता है और जो बाहर निकलता है वो एक नया आदमी-एक नया रूप होता है, जो उस तूफान से लड़कर जिन्दा वापस निकलता है, जो पहले जैसा हो ही नहीं सकता। थोड़ी दूर पर एक पत्थर पर नीलकंठ का रूप धरे बिच्छी बैठा था जो छाया की तरफ देख कर मुस्काया और छाया ने भी फ्रेंडली स्माइल दे दी।

***

अब यार ये क्या कहानी हुयी? ख़तम हो गयी क्या? अरे समझ ही नहीं आई? अरे तो क्या वो दूसरी छाया थी ही नहीं? वो सब उसका वहम, उसकी कल्पना थी क्या? और क्या लास्ट में उसे ये समझ आ जाता है कि *रहिमन इस दुनिया में भांति-भांति के लोग?*

क्या वो सच में थी? और क्या उसके प्रतिरूप ने उसी को मार डाला? क्या अब उसकी प्रतिरूप उसकी दुनिया में जाकर उसके जैसे ही रहेगी? क्या सचमुच ऐसा होता है? अबे यार कहीं ऐसा ही तो नहीं होता मैंने फील

किया है ऐसा बहुत सारे लोगों के साथ। वो लोग अचानक से एकदम बदल जाते हैं तो क्या सचमुच ऐसा ही होता है?

नहीं-नहीं मुझे तो लगता है कि उसने अपने अन्दर की कमियों को धक्का देकर खुद से दूर कर दिया अब वो अपनी जिंदगी की एक नयी शुरुआत करेगी। यही इस कहानी का मोरल है।

ये सब क्या है? क्या हुआ था इस सब का फैसला आप सबके ऊपर है आप जो चाहे वो सोच सकते हैं आपको मेरी कहानी पर भरोसा न करने का पूरा हक है। लेकिन अगर मेरी बात पर भरोसा कर सकते हों तो यकीन मानिये इस कहानी की घटना 100 टका सच है, छाया के पहाड़ से गिरने की तरह। आई शपथ।

***

ये जिंदगी फैसलों और चुनावों का खेल है जैसा फैसला हम खुद के साथ करते हैं वैसी ही दुनिया हमारे आस पास बुननी शुरू हो जाती है। छाया के पास चॉइस थी कि वो अपने जन्मदिन के दिन उन सब लोगों के सामने रूककर उनके मजाक को बर्दास्त करती और वहीँ सबको करारा सा जबाब देती लेकिन वो नहीं हुआ। उसके पास चॉइस थी कि वो अपना रेजिग्नेसन न देकर अपनी लाइफ को पहले जैसे नार्मल चलने देती। उसके पास चॉइस थी कि बेकार में खुद का पीछा न करते हुए चैन से सोती। उसके पास चॉइस थी कि जूते नहीं मिल रहे थे तो ये इशारा था कि रहने दो कहीं मत जाओ। उसके पास चॉइस थी जब बिच्छी ने पूछा था कि क्या चाहती हो खुद को बदलना या खुद में ही डूब जाना। लेकिन उसकी चॉइस इन सब से अलग थी। इस कहानी के बहुत से सिरे हो सकते हैं लेकिन ये कहानी आपको कुछ सिखा नहीं देना चाहती। अगर आप सच

में खुश होना चाहते है तो खुद में खुश रहना सीख लें, इसके लिए दूसरों पर निर्भर न रहें। दुनिया को अपने चश्मे से देखना बंद करें और उसके उतार चढाव में खुद को एडजस्ट करना सीखें या फिर इस कहानी को पल्प फिक्शन मान कर अपने हिस्से का सायनाइड चाट कर सो जाएँ।

There are two tragedies in life. One is to lose your heart's desire. The other is to gain it.

जीवन में दो तरह की त्रासदी होती हैं। एक अपने दिल की इच्छा को खोना और दूसरा इसे हासिल करना है।

-George Bernard Shaw

4

न्यूज़-पेपर

जाड़े के दिन थे। बरसात हुई थी। हल्की धुंध सी छाई थी। हवा का कोई झोंका देह छूकर गुज़रता तो एक ठंडी ठिठुरन रूह तक उतर जाती और हथेलियाँ किसी अलाव की आँच तलाशने लगतीं। इस जमा देने वाली शाम में प्रोफ़ेसर बी.के. झा पहाड़ी इलाके की घुमावदार सड़क पर मदद के लिए तरस रहे थे। इस इलाके में गाड़ियाँ रात के वक़्त वैसे भी कम ही चलती थीं और आज ऐसे बिगड़े मौसम में तो लोगों का आना-जाना और भी कम हो चुका था। ज़िन्दगी की तरह इन पहाड़ों की भी यही मुसीबत थी, जब तक वो ख़ूबसूरत और खुशनुमाँ होतीं, लोग इर्द-गिर्द सटे रहना चाहते; लेकिन जैसे ही इन पर मुसीबतों की काई जमने लगती, हर कोई फ़िसलने के डर से किनारा कर जाता।

प्रो० झा आगे बढ़कर गुज़र रही गाड़ियों को रोकने की कोशिश कर रहे थे। लेकिन एक भी गाड़ी नहीं रुक रही थी। लोग या तो अँधेरे और धुँध के चलते उन्हें देख नहीं पा रहे थे या रात में चोरी-डकैती के अंदेशे के चलते जानबूझकर इग्नोर कर रहे थे।

घोर निराशा से घिरा उनका मन हर पल बस एक ख़याल पर अटका हुआ था। उन्हें हर गुज़रते पल में वो जगह याद आ रही थी, जहाँ लोग उनके

इंतज़ार में उनका पहला उपन्यास लिए बैठे होंगे। उनके लेट होने की वजह से प्रकाशक और पाठक दोनों के ही मन में गुस्सा उबल रहा होगा। वो यही सोच-सोच कर परेशान हुए जा रहे थे कि लोग उनके बारे में क्या सोच रहे होंगे? "अपनी किताब के विमोचन से आदमी गायब है। कितना अकड़ू और कितना अजीब आदमी है!" और भी न जाने क्या-क्या बातें लोगों के मन में उभर आएँगी। कितनी ही बातें बनेगी और फिर बढ़ती जाएँगी। लोग उनकी किताब को ख़रीदेंगे भी या नहीं? उनकी पहली किताब मार्केट में उतरने से पहले ही फ्लॉप हो गयी तो? वो किताब जिसके विमोचन का सपना वो सालों से अपनी पलकों तले पालते रहे।आज जब सपना हकीक़त बनकर सामने आने का दिन आया, तो कुछ देर पहले हुए इस छोटे से कार एक्सीडेंट के कारण वो समय पर उस समारोह में पहुँच ही नहीं पा रहे हैं।

प्रोफेसर झा यही सब सोचते हुए अपना माथा पकड़ कर सड़क किनारे पड़े एक पत्थर पर बैठ गए।वो इसी उधेड़बुन में लगे हुए थे। उन्हें अब कैसे भी कर के विमोचन में पहुँचने की छटपटाहट होने लगी।इतने में एक कार की हेडलाइट उनके चेहरे पर पड़ी। कार बहुत तेजी से उनके सामने से गुज़री।वो उठकर कार के पीछे दौड़ने लगे। कार उनसे तकरीबन आधा किलोमीटर के फ़ासले पर जाकर रुकी। प्रो० झा के निराश चेहरे पर ख़ुशी दौड़ गयी कि किसी ने तो उनकी मदद के लिए हाथ बढ़ाया। अब वो दौड़कर नहीं, बल्कि धीरे-धीरे उस कार की तरफ़ जाने लगे। कार का पिछला दरवाज़ा खुला और एक लड़का झूमते हुए क़दमों से हाथ में न्यूज़पेपर से लिपटी हुयी बोतल लिए उतरा। कार से तेज आवाज़ में बजने वाले गानों का शोर बाहर तक आ रहा था। प्रो० झा को समझते देर न लगी कि गाड़ी में कुछ लड़के बैठे हैं, जो बीयर पी रहे हैं। बाहर निकले

लड़के ने बोतल को नीचे गिराया। बोतल सड़क किनारे की गीली मिट्टी पर गिर कर खड़ी हो गयी। लड़के ने पैंट की चेन ख़ोली और खुद को हल्का करने लगा। प्रो० झा समझ गये कि वो लोग उनको देखकर नहीं, बल्कि पेशाब करने के लिए रुके थे।उन्होंने अपने क़दमों में तेजी लाई ताकि जल्दी से वो गाड़ी के करीब पहुँच जाएँ। लम्बे इन्तज़ार के बाद मिला ये मौका वो खोना नहीं चाहते थे। उधर लड़के ने हल्का होकर अपनी पैंट की चैन को ऊपर चढ़ाया और जैसे ही पीछे की तरफ मुड़ा उसकी नज़र प्रो० झा पर पड़ी। लड़का ज़ोर से चीख़ा और हडबडा कर भागा। ऐसे भागने में बोतल उसके पैर से लगी और लुढ़कती हुयी प्रो० झा की तरफ जाने लगी। लड़का तेजी से गाड़ी में घुस गया और कार स्टार्ट हो गयी। यह देखकर प्रो० झा हाथ हिलाकर ज़ोर से चिल्लाते हुए कार के पीछे भागे...

'रुक जाओ, रुक जाओ! मेरी बात सुनो!'लेकिन कार तेजी से गियर बदलते हुए उनकी आँखों से ओझल हो गयी। प्रो० झा फिर से निराश हो गये। बीयर की बोतल अब तक लुढ़क कर उनके पास पहुँच चुकी थी। उनकी नजर बोतल से लिपटे हुए न्यूज़-पेपरपर पड़ी जो बोतल से अलग हो गया था।रात के अँधेरे में भी प्रो० झा उस न्यूज़-पेपर पर पड़ी हुयी तारीख़ साफ़ पढ़ सकते थे, जिस पर लिखा था"25 जनवरी 2019", जो उस दिन से दो साल बाद की तारीख थी, जिस दिन शाम 6 बजे वो अपने घर से अपनी किताब के विमोचन में जाने के लिए निकले थे। समय दो साल आगे कैसे निकल आया था? वो हतप्रभ थे। वो इस बात से इतना ज़्यादा चौंके थे, कि उनका पूरा बदन ऐंठने लगा। उसी ऐंठन में उन्हें महसूस हुआ कि उनके पेट से ख़ून निकल रहा है। वो अभी अपने ख़ून

को महसूस कर ही रहे थे कि एक ट्रक तेज़ी से उनके ऊपर से चढ़कर गुजर गया।

उन्हें बिलकुल भी हैरत नहीं हुई कि ट्रक के ऊपर से गुज़र जाने के बाद भी वो कैसे एकदम वैसे के वैसे खड़े थे।क्यूँकि अब उन्हें सब कुछ याद आ गया था, कि कैसे दो साल पहले धुँधल के को चीरकर तेज गति से आगे बढती हुई गाड़ी, इसी मोड़ पर अचानक फ़िसल गई थी और वो लाख कोशिशों के बाद भी गाड़ी को सम्हाल नहीं सके थे। उस रोज़ तो मौत बस एक बार आई थी, लेकिन प्रो० झा हर रात उस मौत को जीते थे। वो दो साल पहले मर चुके थे, लेकिन उनकी रूह आज भी अमरकंटक की उन पहाड़ियों में आने-जाने वालों से अपनी मंजिल तक पहुँचने की मदद माँगती भटकती रहती है। वो हर किसी को तो नहीं दिखते थे। पर जिसने भी देखा, उसने सिर से पैर तक ख़ून में सना उनकी गाड़ियों के पीछे ज़मीन से दो फ़ीट ऊपर अजीब से रेंगते हुए दौड़ लगाता एक आदमी देखा, जिसकी पसलियाँ टूट कर उसके गुर्दों में घुस गयी हैं। काश! कोई प्रो० झा को बता पाता कि एक ही किताब लिखकर मर जाने वाले शख्स के रोमांचक उपन्यास को लाखों लोगों ने पढ़ा। काश! कोई उन्हें बता पाता कि उनकी मौत की वजह से सनसनीखेज बना उनका उपन्यास आज एक प्रसिद्ध उपन्यास है, और वो एक जाने-माने लेखक। तब शायद उनकी रूह को इस रोज़-रोज़ की मौत से निजात मिल जाती और वो इस ठिठुरन भरे अँधेरे मोड़ से बहुत दूर किसी सुकून भरी रौशनी का हिस्सा बन पाते। रौशनी...जो अपने भीतर न जाने कितनी ही ज़िन्दगियाँ समाये उनका इंतज़ार कर रही है।

What I can predict with the highest degree of confidence is that the most amazing discoveries will be those, whom we are not intelligent enough to see today.

मैं पूर्ण विश्वास के साथ भविष्यवाणी कर सकता हूं, कि सबसे आश्चर्यजनक खोजें वे होंगी जिन्हें हम आज देखने के लिए पर्याप्त बुद्धिमान नहीं हैं।

-कार्ल सगन

5

ड्रीम वीवर

ये दुनिया एक बहुत ही अजीब तिलिस्म है। इस तिलिस्म को तोड़ने की खातिर हर शख्स अपने सपनों, अरमानों, रिश्ते-नातों को कुचलते हुये कुछ न कुछ पाने की चाह में एक रेस में भागे जा रहा है। और ऐसे ही भागते-भागते ये दुनिया उस मुकाम पर पहुँच चुकी है, जहाँ हर शख्स अपनी वो जिंदगी जी रहा है जो रेस में शामिल होकर उसे मिली है बल्कि वो नहीं जो कि वो खुद जीना चाहता था।

दुनिया अब उस स्थिति में है, जहां हर आदमी एक मैनुअल के हिसाब से काम करता है। सब कुछ पहले से फिक्स है उसी ढर्रे पर चलना है। स्कूल-कॉलेज अब बेहतर नागरिक बनाने वाले संस्थान नहीं केवल फैक्ट्री हैं, जहां से रोबोट जैसी मशीनें निकलती हैं, जो दुनिया के बेहतरीन प्रोफेशनल्स में शामिल होती हैं। बच्चों ने अपना बचपन खो दिया है, बड़ों ने जवानी और बुढ़ापा शायद ही किसी को नसीब हो पाता हो क्यूँकि रोजमर्रा की जिंदगी में स्ट्रेस का लेवल इतना ज्यादा है आदमी अधेड़ होते होते दम तोड़ देता है। इंसान की औसत उम्र 45 साल हो चुकी है। आदमी अब सिर्फ अपने काम से काम रखता है ऐसा लगता है जैसे इस दुनिया का हर काम पहले से फिक्स है। कॉम्पटिशन अब अपने चरम पर है, जहां पिछड़ जाने वाले के पास कुछ भी नहीं रह जाता वो

समाज का हिस्सा भी नहीं बन पाता। लोगों के पास संवेदना तो है लेकिन इस रेस में रुककर सोचने का मौका नहीं है। रुककर सोचने वाले कुचले जाएगे भीड़ से; उस भीड़ से जिसका कोई चेहरा नहीं है।

इवान इस दुनिया के सब बच्चों कि तरह बहुत होनहार है। वो पढ़ने में गंभीर है बिलकुल बाकी बच्चों कि तरह। अपने सब्जेक्ट कि किताबों के अलावा भी वो हर तरह कि किताबें पढ़ता है। स्कूल से लेकर कॉलेज तक वो हमेशा टोपर्स में रहा था। ना जाने कैसे कॉलेज में उसे जेनब नाम की लड़की बहुत पसंद आने लगी थी। ये आदत बाक़ी बच्चों कि तरह बिलकुल भी नहीं थी। और खासतौर से बच्चों को तो ये सब सोचने की भी परमिशन नहीं थी। लेकिन इवान उसकी तरफ किसी मेगनेट के जैसा खींचा चला जाता था। वो चोरी-छिपे उसको देखता रहता। उसके सामने मौजूद होने से उसके दिल की धड़कने किसी पंप की तरह चलने लगती थीं। लेकिन उस दुनिया के बच्चों को भावनाओं में बहने का हक़ नहीं था। सबके लिए करियर सबसे बड़ी प्रायोरिटी था। इवान ने बहुत कोशिशें की लेकिन वो लड़की उसकी दिमाग में किसी खुशबू की तरह बस गयी थी। वो लड़की भी बहुत सीधी-साधी पढ़ाकू किस्म की, अपने किताबों की दुनिया में खोये रहने वाली थी। दुबले-पतले इवान के चश्में के उस पार अगर उसकी आँखों में उसने देखा होता तो उसे पता चलता कि उसके लिए कोई इतनी कोमल भावनाएं भी रख सकता हैं।

कॉलेज खतम होने तक इवान का आकर्षण उसके लिए और भी कई गुना बढ़ गया। इवान को एक्जाम खत्म होने का इंतजार था ताकि वो अपनी भावनायें जेनब को बता सके। उसने पुरानी फ़िल्मों में देखा था कैसे हीरो अपनी हीरोइन को घुटनों के बल बैठकर अंगूठी देकर अपने प्यार का इजहार करता है। कुछ वैसा ही इवान के दिमाग में भी था। वो घंटों तक

बेचैनी से उसका इंतजार करता रहा बड़ी देर बाद जब जेनब कॉलेज से बाहर निकलकर अपनी गाड़ी की तरफ बढ़ रही थी तो इवान कार के दरवाजे के पास जेनब के सामने घुटनों के बल बैठ गया।

'मैं तुमसे प्यार करता हूँ जेनब...आई आई आई लव य..यय..यू' उसने काँपते हुये कहा 'ये प्यार-व्यार सब सदियों पुरानी बातें हो चुकी है इवान। तुम्हें इस तरह से बिलकुल नहीं सोचना चाहिए' जेनब के चेहरे पर जैसे कोई भाव ही नहीं था, न खुशी, न गुस्सा, न आश्चर्य। बड़े ही ठंडे लहजे से उसने कहा 'लेकिन मैं तुम्हारे लिए क्या फील करता हूँ वो मैं तुमको बस एक बार में कहे अपने शब्दों से नहीं समझा सकता हूँ। तुम बस मेरे लिए इस दुनिया की सबसे जरूरी खवाहिशों में से एक बन चुकी हो। मैं तुम्हारे साथ रहना चाहता हूँ हमेशा' 'लेकिन हमारे साथ होने से तुम्हारी और मेरी दोनों की प्रोडक्टिविटी पर असर पड़ेगा। आज से वैसे भी हमारे रास्ते अलग हो रहे हैं हमें अपनी मास्टर डिग्री के लिए अलग अलग जगह जाना है। ये प्यार जैसी बेकार की बातों में पड़कर हम अपना करियर नहीं खराब कर सकते हैं। एक मार्क्स से भी पिछड़ जाने का मतलब है इस रेस में करोड़ों लोगों से जिंदगी के हर कदम में पीछे हो जाना। इसलिए तुम अपने मन की मत सुनो दिमाग की सुनो मेरी तरह और अपने करियर पर ध्यान दो' इवान के चश्में के पीछे बसे दो ग्रहों से दो आँसू लुढ़क कर उसके गालों पर कहीं खो गए। और वही से वो दो रास्ते थे जहां से इवान और जेनब अलग चल पड़े। लेकिन इवान उसको कभी भुला नहीं पाया। वो जितनी शिद्दत से पढ़ता था उतनी ही शिद्दत से वो जेनब के ख़यालों में ही डूबा रहता। उसका मन अशांत रहता और उस जमाने में अशांति को शांति में बदलने के लिए मेडिटेशन पर खूब जोर था। ध्यान उसे उसके पिताजी के गुरु बिच्छी महाराज ने करना सिखाया था। वो ध्यान करना

सीख तो गया था लेकिन अक्सर वो ध्यान समाधि में जाने के बजाय वो कल्पना लोक में खुद को जेनब के साथ पाता। जब वो सोता तो उसके सपनों में जेनब आती रहती। सपनों से पीछा छुड़ाने के लिए उसने सपनों का अध्ययन करना शुरू किया। हालांकि वो सीएस का स्टूडेंट था लेकिन फिर भी उसने सपनों पर लिखी लगभग हर एक मनोविज्ञान की किताब पढ़ डाली। अक्सर वो हाथ में सेगमंड फ्रायड की किताब इंटरप्रेटेशन ऑफ ड्रीम्स लिए घूमता रहता। उसकी नींद जरूर कम हो गयी लेकिन उसके सपने कम नहीं हुये। वो दिन भर जो कुछ भी करता लेकिन उसको सुकून अपने उन ख़यालों और सपनों में ही मिलता था जिनमें वो जेनब के साथ होता।

सपने बेहोशी में बुनी हुयी एक कल्पना होते हैं। जैसा कि सपनों और ख़यालों के साथ होता है कि उनसे बाहर आते ही हम उन पलों को लगभग भूल जाते हैं जो हमने अपनी अर्धचेतन अवस्था में सपनों कि दुनिया में बिताए थे। इवान उन सुखद पलों कि यादों को अपना हिस्सा बनाना चाहता था इसलिए उसने एक मशीन पर काम करना शुरू किया जिसमें हम अपने सपनों को वास्तविकता का रूप दे सकते हों। सपनों के सच होने की संभावना ही जीवन को दिलचस्प बनाती है। और सोचकर देखिये गर सपने वाकई सच हो जाएँ तो?

महीनों तक दिन रात कि मेहनत के बाद उसने एक ऐसी मशीन और प्लेटफ़ार्म ईजाद किया जिसमें आदमी अपने सपनों को हक़ीक़त में जी सकता हैं। उन सपनों कि खासियत यह थी कि उनमें गुजारा वक़्त आदमी कि पेरमानेंट मेमोरी का हिस्सा बनकर किसी सपने कि मानिंद नहीं रहता था बल्कि हमारे गुज़रे हुये कल कि तरह हमारे अतीत कि एक याद बन जाता था। जिससे एक सुखद अनुभूति होती थी। इवान ने इस मशीन का

नाम ड्रीम वीवर दिया। ड्रीम वीवर में पहला सपना खुद इवान ने देखा था। जहां वो घुटनों पर बैठकर अपने प्यार का इजहार जेनब से कर रहा था और जेनब ने खुशी-खुशी उसके प्रेम को स्वीकार किया था। इवान के लिए ये इतना सुखद था कि उसके चश्में के पीछे वालों ग्रहों से फिर पानी बहा था। शुरू में ड्रीम वीवर में सिर्फ एक प्रीप्लान सिचुएशन को फील किया जा सकता था। लोग जब जीना भूल गए हो और बस कमाने, खाने, नोट बनाने कि मशीन तरह बन गए हों तो उनके लिए ड्रीम वीवर एक नयी क्रांति जैसा था। ड्रीम वीवर के बनाने से इवान कॉलेज का सुपर हीरो बन चुका था। कॉलेज के लगभग हर लड़के-लड़की ने ड्रीम वीवर पर अपना सपना जीकर देखा था और सब का एक ही कहना था कि ये वाकई लाजबाब है।

खबर बाहर फैलते ही दुनिया भर से उसे ऑफर मिलने लगे और बड़ी-बड़ी आईटी कंपनी उसके दरवाजे पर करोड़ों रुपये लिए हुये खड़ी थीं। लेकिन इवान ने अपना आइडिया किसी को भी न बेचने का फैसला किया और खुद ही ड्रीम वीवर कि एक ओफिसियल ब्रांच खोल दी। ड्रीम वीवर जहां सपने बुने जाते थे। एक ऐसी जगह जहां आदमी अपनी कल्पनाओं को जी सकता है। ये स्टोर खुलते ही किसी बुखार की तरह लोगों के ज़ेहन पर चढ़ गया। भारी फीस लिए जाने के बावजूद भी ड्रीम वीवर में महीनों तक अपाइण्टमेंट नहीं मिल पाता। इसको हल्का करने के लिए इवान ने और भी मशीनें बनाई और दूसरे शहरों में भी अपनी ब्रांच खोलने शुरू कर दिया। पैसा उसके पास तूफान की गति से आ रहा था। अब उसके पास जेनब के लिए सोचने का वक़्त ही नहीं था। अब सिर्फ वो था और ड्रीम वीवर था जिसे और ज्यादा ऊँचाईयों पर ले जाने के लिए हर वक़्त उसका दिमाग व्यस्त रहता।

ड्रीम वीवर के शुरुआती एडिशन में किसी को भी अपने सपने के बारे में बस बेसिक चीजें भरनी होती थीं। बाकी दिमाग से उठने वाली तरंगों और ख़यालों से ड्रीम वीवर उसके लिए एक सपना बनाता था जहां सब कुछ पहले से फिक्स होता। लोगों को बस अपनी कल्पना का पीछा करते हुए आगे बढ़ते जाना था, बाकी काम डीवी आपकी काल्पनिक छवियों को एक स्क्रीन पर गढ़ देता जो लोगों की बंद आँखों के पीछे चलती रहती। यहाँ मशीन बहुत हद तक आदमी की कल्पनाओं पर निर्भर करती थी, जैसे कल्पना बढ़ेगी वैसे ड्रीम भी। इनमें आदमी की मानसिक सोच और शंकाओं और भय का भी रोल था, जैसे इमोशन हावी होते संभवत उसका असर ड्रीम्स पर भी पड़ सकता था. अगर कोई गलत स्टेप लेता तो उसके परिणाम भी गलत बुनकर सामने आ सकते थे।

लेकिन समय-समय पर डिमांड के हिसाब से उसे और बेहतर बनाने के लिए अपडेट भी किया जाने लगा जिससे धीरे-धीरे करके ड्रीम रिऐलिटि के और भी नजदीक आते गए।

***

सदानंद त्रिपाठी एक मल्टीनेशनल कंपनी से डायरेक्टर के पद से रिटायर्ड होकर मुंबई के एक आलीशान घर में अकेले जिंदगी गुजार रहे थे। उनकी पत्नी 35 साल कि उम्र में ही गुजर चुकी थीं। उनकी बेटी जेनेवा में अपने पति के साथ थी और बेटा लंदन में अपनी पत्नी के साथ। जिंदगी के आखिरी दिन यूं अकेले गुज़ारना बहुत ही कठिन काम था। एक-एक पल एक-एक दिन कि तरह उनके ऊपर से गुजरता था। अपने को इस मुकाम तक लाने के लिए उन्होंने सारी जिंदगी कड़ी मेहनत की थी और अपने बच्चों का जीवन भी बहुत सलीके से संवारा था। लेकिन इस जिंदगी के लिए उन्हें कुर्बानियाँ भी बहुत देनी पड़ीं थीं उन्हें ठीक से याद भी नहीं था

कि उनके बच्चों का बचपन कैसा था। वो कब तसल्ली से अपनी पत्नी के साथ बैठकर बातें किए थे। जब उन्होंने डीवी के बारे में सुना तो तुरंत उसका अपाइण्टमेंट लिया।

महीने भर बाद जब उनका नंबर आया तो वो बहुत ज्यादा एक्साइटेड थे। डीवी पर जाने से पहले ढेर तरह के सपने उनके दिमाग में चल रहे थे। जब वो ड्रीम वीवर की चेयर पर लेटे जो कि किसी डैंटिस्ट की चेयर के माफिक थी तो उनकी धड़कने और बढ़ गयी। जब उनके सर पर ड्रीम वीवर के प्लग्स लगाए गए तो उन्होंने अपने बच्चों के बचपन का सपना देखने का फैसला लिया और जल्द ही वो अपने सपनों में अपनी पत्नी और बच्चों के साथ खेलते नज़र आ रहे थे। इस समय हालांकि वो रीयल वर्ल्ड से कटे हुये थे लेकिन उनकी आँखों से बहते हुये आँसुओं से उनकी खुशी साफ नज़र आ रही थी। पूरी जिंदगी उन्हें जो न कर पाने का मलाल था आज वो अफसोस उनकी आँखों से बहकर खत्म हुआ जा रहा था।

***

साहिल वत्ता की पिछली तीनों वेब फिल्म बुरी तरह फ्लॉप हुयी थीं। तीनों ही फिल्मों में उसका खुद का बहुत पैसा लगा था। तीसरी फिल्म जिसको उसने खुद ही डायरेक्ट भी किया था उससे तो सबसे ज्यादा उम्मीदें थीं लेकिन वो फिल्म भी कोई कमाल न कर सकी। अपने करियर के पीक पर पहुँचने के बाद क्या वो नीचे की तरफ जा रहा है ये वो समझ नहीं पा रहा था। कहाँ क्या कमी रह गयी थी, इसका अंदाजा ही नहीं हो रहा था। शोहरत की बुलंदियों पर बैठा हुआ वो साहिल वत्ता जिसके नाम से ही बॉक्स ऑफिस में आग लग जाती थी, वो जिसके किसी फिल्म में केमियों भर कर लेने से फिल्म चल जाती थी आज उसकी खुद की फिल्मों का ये हश्र उसे न तो हजम हो रहा था और न ही बर्दास्त। इन तीन

फिल्मों में से पहली विशुद्ध कोमर्सियल फिल्म थी, दूसरी एक बायोग्राफी थी और तीसरी एक सोशल मुद्दे पर बनी हुयी फिल्म थी जिससे उसको नेशनल अवार्ड मिलने की उम्मीद थी लेकिन तीनों ओंधे मुंह फ्लॉप हो गयी थीं। इस असफलता से वो टूटने लगा था, खुद से उसका भरोसा हट गया था। वो फिर से किसी काम को हाथ में लेकर आगे बढ़ने का फैसला ही नहीं कर पा रहा था।

इन्हीं दिनों ड्रीम वीवर का नाम अक्सर वो कहीं न कहीं सुनता रहता। फिल्मी दुनिया से थोड़ा सुकून पाने के लिए साहिल वत्ता ने खुद ड्रीम वीवर को ट्राइ करने का फैसला किया। साहिल ने खुद को सपनों में उन मूवी स्क्रिप्ट से घिरा हुआ पाया जो उसके पास पड़ी थीं। हर दिन वो खुद को किसी न किसी स्क्रिप्ट में देखने लगा। और फ़ाइनली उसको वो स्क्रिप्ट मिल ही गयी जिसकी उसे तलाश थी। उसने पूरी स्क्रिप्ट के हिसाब से खुद को अपने सपनों की फिल्म में देख लिया था और उसे ये अंदाजा हो चुका था कि कैसे ख़राब परफॉरमेंस को बेहतर बनाना है। ये वो मुकाम था जो अब तक उसकी लाइफ में नहीं आया था। उसके सपनों की दुनिया ने कन्फ़र्म कर दिया था कि जो स्क्रिप्ट उसने फ़ाइनल की थी उसके पूरा हो जाने के बाद उसे नेशनल अवार्ड मिलना ही था। उसका कॉन्फ़िडेंस लौट रहा था और अब वो फिर से मैदान फतेह करने के लिए तैयार था।

***

ड्रीम वीवर कि बेपनाह सफलता से इवान हर दिन सुर्खियों में बना रहता। उसको जगह-जगह बोलने के लिए बुलाया जाता, दुनियाभर की चैनल और मैगजीन उसका इंटरव्यू लेना चाहती। बड़े-बड़े सेलेब्रिटी, पॉलिटिशन, ब्यूरोक्रेट्स, बिज़नसमेन ड्रीम वीवर की फैसिलिटी के मुरीद

होने लगे। जगह-जगह से उसको फीडबेक आते रहते। ड्रीम्स को और अपडेट करने के लिए उनके हिसाब से इवान उन फीचर्स को एड करता रहता। बहुत ज्यादा पोपुलर होने के साथ ही ड्रीम वीवर बहुत कोस्टली भी था जो सबकी पहुँच से बाहर था। हर एक आदमी की पहुँच तक ले जाने के लिए इवान ने एक मोबाइल एप्लिकेशन बनाई जहां हर शख़्स एक लिमिटेड दायरे में किसी गेम की माफिक वर्चुयल वर्ल्ड में अपनी लाइफ जी सकता था। यहाँ से ड्रीम वीवर जिसे शॉर्ट में डीवी कहा जाने लगा था, हर आदमी की जेब में पहुँच गया। बच्चे भी इससे अछूते नहीं रह पाये वो अपने गेमिंग अवतार में खुद को डोंगा, सुपर कमांडो ध्रुव या आइरन मेन कि तरह देखते या फिर अपने आने वाले कल में खुद को डॉक्टर, इंजीनियर या एंटरप्रेनर कि तरह भी।

और इस तरह से किसी न किसी फॉर्म में डीवी के यूजर्स की संख्या 112 करोड़ में पहुँच गयी थी। बहुत बड़े रईस लोगों के घर में अपनी खुद कि मशीन सब्स्क्रिप्शन के साथ दी जाने लगी। अब डीवी कि पैंठ लगभग हर घर में थी।

***

डीवी ने बहुत लोगों की जिंदगी को बदला। बड़े स्कूल-कालेज डीवी की एक लेब अपने यहाँ बनवाने लगे। ऐसे छात्र जो पढ़ाई में पीछे छूट रहे होते उनको वर्कशॉप के जरिये उनको वर्चुअल वर्ल्ड में एक काबिल आदमी की तरह दिखाया जाता जिससे उनका कॉन्फ़िडेंस बढ़ता था। होस्पिटल्स भी अपने मरीजों को बेहतर फील देने के लिए डीवी अपने यहाँ स्थापित करने लगे। गंभीर बीमारी से झूझते हुये मरीजों को कुछ देर के लिए एक ऐसे वर्ल्ड में ले जाया जाता जहां वो पूरी तरह से फिट होते और खुशी से अपनी जिंदगी जी रहे होते। शारीरिक रूप से अपंग लोग

अपने पूरे फिट शरीर के साथ अपनी उन ख्याहिशों को पूरा करते हुये देखते जिनकी वो रोज कल्पना करते थे।

ऐसे लोग जिन्होने अपनों को खो दिया था वो ड्रीम वीवर के जरिये अपने प्रिय जनों के साथ वक़्त बिता सकते थे। ऐसे लोग जो जिंदगी में कुछ और बनना चाहते थे लेकिन कुछ और ही बन गए थे, ऐसे लोगों की तादात बहुत ज्यादा थी। जो जिंदगी वो जी रहे थे उससे इतर वो कुछ और ही जीना चाहते थे या फिर उसी जिंदगी को और ज्यादा बेहतर करना चाहते थे। ऐसे में डीवी एक वरदान था। हालांकि ये बहुत बेहतर तो था लेकिन डीवी की अपनी लिमिटेशन्स थी फिर इवान ने एक और अपडेट के जरिये डीवी को और भी ज्यादा ताक़तें दे दी। इस नयी अपडेट के साथ मशीन और प्लैटफ़ार्म पर डीवी को यूज करने वाले यूजर्स के पास अब शुरुआत में तीन तरह के आप्संस होते थे पहला प्रीडिफाइंड ड्रीम्स जहां सबकुछ पहले से तय होता था कि क्या होने वाला है, दूसरा सिंगल औटोमटेड जहां यूजर्स के हाथ में कंट्रोल होता था कि सिचुएशन को कैसे चेंज करना है, और तीसरा रियल वर्ल्ड औटोमटेड जहां पर रियल वर्ल्ड कि तरह सामने वाले के रिएक्शन को कंट्रोल नहीं किया जा सकता था। तीसरे वाले सपनों में कुछ भी पहले से अनुमान नहीं लगाया जा सकता था। सब कुछ उस पल पर निर्भर करता था जिसमें यूजर होता था एक दम असली दुनिया की तरह, एक दम रेंडम। इनमें जो सपने देखे जाते उन्हें एक दम रिऐलिटि कि तरह जिया जा सकता था। ये सपने न सिर्फ देखे जाते बल्कि उसमें घटने वाली एक-एक घटना को फील किया जा सकता था।

***

वर्तिका अपनी कंपनी कि उन चंद हस्तियों में से थी जिनके काम में कभी कोई कमी नहीं निकाल सकता था। वो जो भी करती वो हमेशा बेस्ट होता। पिछले पाँच सालों में उसकी डेलि रेटिंग कभी भी 8 से नीचे नहीं गयी थी। अपनी स्मार्टनेस और हार्ड वर्किंग से उसने कंपनी के परचेस हैड कि पोस्ट पा ली थी। लेकिन लगातार काम और स्ट्रैस के चलते उसकी तबीयत अब खराब रहने लगी थी। उसको नींद के लिए गोलियों का सहारा लेना पड़ता। सुबह उठकर एनर्जि के लिए टबलेट लेनी पड़ती। दिन में वो मल्टी-विटामिन कि गोलियां लेती, खाने के बाद उनको पचाने की गोलियां खाती और डीप्रेशन से दूर रहने ले किए अलग टेबलेट लेती।

उसने जो खुद के लिए बनाया था उसके जैसी परिस्थिति वाली लड़कियां कम ही कर पाती थीं। उसकी जिंदगी की दो चीजें वो हमेशा मिस करती थी। एक अपने पापा को जिनको बचपन में छोटी सी उम्र में उसने खो दिया था। उसकी माँ ने अपने भाई की मदद से उसको पाला था। पापा की सुनहरी गोद की याद उसे अक्सर सताती रहती थी। और दूसरे सेम के साथ को। सेम से वो इस कंपनी में ही मिली थी। बाकियों की तरह उसके भी कोई दोस्त नहीं थे। लेकिन जब पहली सैलरी मिली थी तो वो अपने और कलिग्स के साथ पार्टी करने किसी पब में गए थे। वहाँ उसने पहली बार शराब पी ली थी, जो उससे संभाल नहीं रही थी। सेम ने उसको संभाला और किसी तरह उसे उसके कमरे तक लेकर गया। लेकिन बात सिर्फ वहीं ख़तम हो जाती तो बेहतर था। सैम को उसने रोक लिया और उसके बाद वो दोनों रात भर एक दूसरे की बाहों में रहे।

अगली सुबह वर्तिका के लिए बहुत खुशनुमा थी लेकिन वहीं सेम बहुत अजीब सा बरताब कर रहा था। जो कुछ हुआ वो कोई बड़ी बात नहीं थी लेकिन सेम नोरमल नहीं लग रहा था। वर्तिका ने रात भर में जो अरमान

सजा लिए थे वो सुबह काँच की तरह बिखर गए थे। सेम उससे नजरें भी नहीं मिला पा रहा था। लेकिन वर्तिका को पूरा भरोसा था कि सेम बस अपना टाइम चाह रहा है धीरे-धीरे वो और भी करीब आ जाएंगे। लेकिन वैसे कुछ हुआ नहीं और एक दिन सेम उस कंपनी को छोड़ कर न जाने कहाँ चला गया। पूरी जिंदगी में वर्तिका के कोई भी उतना करीब नहीं आया था। दिमाग कि तरह शरीर कि भी अपनी याददास्त होती है। उसका शरीर सेम के स्पर्श को खोजता रहता था और चाह कर भी नहीं भुला पा रहा था।

आज उसके पास सब कुछ था। बहुत सारे पैसे, बड़ा घर, आलीशान गाड़ियां एक बहुत बड़ी नौकरी बस नहीं था तो केवल सुकून। ये सुकून उसकी जिंदगी में डीवी लेकर आया। डीवी के तारों में सर डुबाए उसने अपने पापा कि गोद पा ली थी। उसने उस रात को सैकड़ों बार फिर से जिया था जब वो सेम के साथ थी। अपने पापा के साथ अपने पूरा बचपन फिर से जी लिया था और सेम के साथ अपनी जवानी। उसकी सारी गोलियां छूट गयी थी, आँखों के नीचे से काले घेरे खतम हो चुके थे। और अब खुशी से उसका चेहरा दमकता था।

***

जनार्दन एक बहुत बड़े और आलिशान कमरे में था, जो किसी महल के सरीखा था। दीवारों पर खूबसूरत नक्काशी थी। बड़े-बड़े झूमरों से कमरा जगमग रोशन था। फर्श पर बिछी हुयी कालीन मखमल से ज्यादा कोमल थी। एक विशाल बेड पर एक भूरे बालों वाली लड़की लेटी हुयी थी। लड़की ने निगाहें उठा कर अपनी नीली आँखें जनार्दनपर डाली और मुस्कुरा उठी। तभी उसके बगल में लेटी हुयी काले बालों वाली लड़की ने भी गर्दन उठाकर जनार्दन की तरफ ऐसे देखा जैसे आँखों से उसे बुलाने

का इशारा कर रही हो। दोनों लड़कियां बेहद खूबसूरत थीं। उनके नंगे जिस्म की खूबसूरती कमरे की जगमग रौशनी में चमक रही थी। जनार्दन ने अपने कपड़े उतारे जिससे उसका भोंडा शरीर नुमाया हो गया और उन दोनों के बीच में जाकरलेट गया.

'सर..सर'

'सर..सर..दरवाजा खोलिए सर. दरवाजा खोलिए' कोई बहुत तेज-तेज दरवाजा ठोक रहा था।

'सर..सर'

जनार्दन अपने सपनों की दुनिया से चौंकते हुए बाहर आया। अचानक से डीवी बंद करके बाहर आने से उसके सर में एक बेहद नुकीला और तेज दर्द होने लगा। ऐसे बीच में से उठकर जनार्दन को दरवाजा खोलना पड़ रहा था। इससे वो बहुत झुंझला गया।

'क्या है? क्यूँ पागल हो रहे हो?' दरवाजा खोलते ही वो चिल्लाने लगा 'सर...सर वो पीएम सर लाइन पर हैं अर्जेंट बात करना चाह रहे थे'

'उनसे कह दो जनार्दन मर गया। अब दफा हो जाओ यहाँ से' गुर्राते हुए उसने फिर से दरवाजा बंद कर लिया।

जनार्दन सिंह बिशेन ने लोगों से डीवी के बारे में बहुत सुन रखा था। लेकिन बहुत इच्छा होने के बाद भी वो उसकी लैब या स्टोर में जाकर उसकी फैसिलिटी का फायदा नहीं उठा सकता था। जनार्दन सिंह बिशेन रूलिंग पार्टी का कैबिनेट मिनिस्टर था। हर तीन साल पर होने वाले इलेक्शन के 5 इलेक्शन में यानी 15 सालों में उसने एक भी चुनाव नहीं

हारा था। एक पब्लिक लीडर होने के नाते पब्लिक में इमेज ही सब कुछ थी जिससे वो कोई समझोता नहीं कर सकता था।

फिर जब उससे रहा नहीं गया तो उसने किसी और के नाम से डीवी का होम एडिशन खरीद लिया। आज जब उसने पहली बार डीवी पर अपने सपनों को जीना शुरू किया था तो उसके चेहरे पर बच्चों के जैसी जिज्ञासा और धूर्तों के जैसी कुटिलता थी। वो फिर से अपनी चेयर पर लेटा और फिर से डीवी ओन करके उन खूबसूरत लड़कियों के सपनों में डूब गया।

***

इवान के पास एक बेहद लंबा चौड़ा स्टाफ था और सैकड़ों सपोर्टिंग हैण्ड थे। लेकिन उसने किसी से भी अपनी टेक्नोलॉजी शेयर नहीं की थी। ज़्यादातर कामों में उसे खुद इन्वोल्व होकर सॉफ्टवेयर में होने वाले चेंजेज करने पड़ते थे।

ड्रीम वीवर से लोगों में संतुष्टि और खुशी का लेवेल बढ़ने लगा था लेकिन लोग धीरे-धीरे करके उसके एडिक्शन में भी फँसते जा रहे थे। लोग ज़्यादातर समय रीयल वर्ल्ड कि तुलना में अपनी फंटसी में ही रहना पसंद करने लगे। वे या तो इस वर्चुयल वर्ल्ड से बाहर ही नहीं आना चाहते थे या फिर आते भी तो रीयल वर्ल्ड में उनकी एफ़ीसियंसी घट रही थी। बड़े-बड़े सेलेब्रिटीज भी अपनी उनकी खुद की बनायीं हुयी मायावी दुनिया में बंद रहना चाहते थे।

इसके दूसरे पहलू भी सामने आने लगे। बहुत से लोग खुद के सेक्स को चेंज करके भी डीवी में देखने लगे। जिन लोगों के पास अपने पर्सनल इंस्ट्रूमेंट थे उनके बारे में तो किसी को नहीं पता था लेकिन जो लोग स्टोर

में जाकर डीवी की दुनिया में उतरते थे, उनके शुरू में फीड किये गये डेटा के आधार पर लोग उनके सपनों की कल्पना करते। स्टोर में काम करने वाले लोगों में होने वाली गॉसिप से बातें बाहर आने लगी थी। कुछ लोगों की कल्पनाएं इतनी ज्यादा अजीब होने लगी की उनकी चर्चाएं सोशल मिडिया में होने लगी। लोग अजीबो-गरीब सेक्स कल्पनाओं में उलझे रहते। कुछ खुद को इतना पावरफुल बना लेते की उस दुनिया में वो ही सबकुछ होते और बाकी सब गुलाम। कुछ इतिहास के किसी कोने में जाकर खुद को किसी एतिहासिक पात्र के साथ बदल लेते। हर आदमी अपनी बनाई हुयी दुनिया में जी सकता था। कल्पना लोक तक तो सब ठीक था लेकिन इसका असर रीयल वर्ल्ड में आने लगा था क्यूंकी ये महज कल्पनाएँ नहीं रह जाती थी बल्कि आदमी की परमानेंट मेमोरी का हिस्सा बनकर उसकी यादों से जुड़ जाती थी। ऐसे में रीयल दुनिया में आने के बाद भी उस आदमी के बरताब में डीवी का असर रहने लगा था।

एक तबका जो डीवी की इस कपोल-कल्पना लोक में विश्वास नहीं रखते थे ऐसे लोग इसके विरोध में आने लगे। उनका कहना था कि ड्रीम वीवर सोसाइटी के ढांचे से खिलबाड़ कर रहा है। लोग इसकी लत में फंसकर भविष्य बरबाद कर रहे हैं। इसके लम्बे समय तक प्रयोग से पूरे समाज का विकृत रूप सामने आ सकता है। ऐसे लोग डीवी को बेहद खतरनाक और जीवन के लिए घातक साबित करने पर तुले हुये थे।

ऐसा पहले नहीं था कि जब डीवी के अगेंस्ट में लोग बोलना शुरू कर रहे थे बल्कि इसकी लॉन्चिंग के साथ ही ऐसे बयान आने शुरू हो गए थे। लेकिन जब से ड्रीम का लेवेल तीन भागों में बंटा था तब से असली मुश्किलें आनी शुरू हो गयी थीं। दरअसल लोग तीसरे लेवल के ड्रीम वर्ल्ड में जहाँ सिचुएशन पर यूजर का कंट्रोल नहीं रहता था, उसमें यूजर

अपनी ही बनायीं सिचुएशन में फंसने लगे थे। यहाँ उनको कतई अंदाजा नहीं रहता था कि सामने वाला कैसे रियेक्ट करेगा, ये रीयल वर्ल्ड के और करीब पहुँचने का एक अंदाजा था और यहीं से लोगों के ख़राब एक्सपीरियंस बढ़ने लगे।

एक लड़की का अपने ही ड्रीम वर्ल्ड में रेप करने की कोशिश की गयी। एक टीन एजर जो डोगा के रूप में कोबी से लड़ रहा था, उससे से बुरी तरह मार खाकर हार गया। होश में आने पर हार के अवसाद उसके दिमाग पर थे। एक ड्रग एडिक्ट्स जो डीवी में ड्रग्स से दूर रहने की थेरेपी ले रहा था, उसने खुदको एक वाइन स्टोर में बंद कर लिया और इतनी ज्यादा शराब पी लीकि वो डीवी चेयर पर बेहोश पाया गया। कुछ लोगों ने नरक की यातनाएं महसूस की, तो किसी पर जंगली जानवरों ने घातक हमला किया। ये तीसरे लेवेल की दुनिया के खराब एक्सपेरियंस उनकी मेमोरी का हिस्सा बनने लगे। ऐसे लोग डीवी को लेकर बुरी तरह डर गए।

जो लोग अब तक डीवी के अगेंस्ट में थे वो इसे बैन करने की मांग करने लगे। इवान ने इनको कभी भी गंभीरता से नहीं लिया था। एक तो उम्र का जोश और ऊपर से लोगों में डीवी को लेकर जूनून ने इवान को कभी दूसरी तरफ सोचने का मौका ही नहीं दिया। वो बस अपने काम में लगा रहता और जब कभी भी डीवी की किसी तकनीक में कोई कमियाँ सामने आती तो वो जल्द से जल्द उसे नयी अपडेट से बेहतर कर देता। इन परिस्तिथियों के मद्देनज़र इवान ने एक और अपडेट बनाया जहां लोग अपनी खराब वर्चुअल मेमोरी को अच्छे एक्सपेरियंस से रिप्लेस कर सकते थे। अब चीजें फिर से सही होने लगी।

लेकिन इवान की मुश्किलें इन अपडेट से कम नहीं होने वाली थीं।

***

'हेल्लो...हाँ मैं मोंटी बोल रहा हूँ'

'मोंटी. कहाँ गायब हो गए थे. सुधर गये हो क्या? या फिर पैसे से मन भर गया'

'नहीं बस आज के ही दिन का इंतज़ार कर रहा था'

'अच्छा. ऐसा क्या. तो बताओ क्या प्लान है?'

'मेसेज भेजा हूँ लाइन पर देखा नहीं क्या?'

'देख तो लिया लेकिन वोही सोच रहा था. दिमाग ठीक है न? कुछ ज्यादा लम्बा नहीं हो जायेगा?'

'नहीं सब ठीक है; इस बार जैसा कह रहा हूँ कर दो'

'लेकिन इतने बड़े के लिए टोकन भी चाहिए और मुझसे अकेले नहीं हो पायेगा। एक दो लोगों को और जोड़ना पड़ेगा'

'वो जो करना है करो। टोकन लेके मैं लड़कों को भेज रहा हूँ। बस तुम ये अरेंज करो'

इतना कहकर मोंटी ने फ़ोन काट दिया और पास रखी बीयर उठाकर एक घूँट भरा और आँखें बंद करके अपनी कुर्सी पर लेट गया।

मोंटी पुराना सटोरिया था। अपनी जिंदगी में उसने इस काम के अलावा कुछ नहीं किया था। कई बार वो कंगाल होकर भी सट्टेबाजी को ना छोड़

सका और बार-बार कहीं न कहीं से पैसे जुगाड़ कर इसी धंधे में एक्टिवहो जाता। मोंटी बहुत ज्यादा केलकुलेटिव होने के साथ-साथ पारलौकिक शक्तियों बहुत ज्यादा विश्वास कनरे वाला भी था। अपने साथ दिन भर होने वाली घटनाओं और यहाँ तक की सपनों में भी कोई ख्याल उसके दिमाग में घूम जाता तो उसको कैलकुलेट करके वो कोई न कोई कॉम्बिनेशन बना लेता और मार्किट में सट्टा लगा देता। हमेशा बाजी उसके हाथ नहीं आती लेकिन फिर भी वो इससे बाज नहीं आता।

पिछले कई महीनों से मोंटी ने कोई भी गेम नहीं खेला था। कारण था कि उसने डीवी का होम एडिशन लिया था जिस पर वो दिन और रात अपने सपनों की दुनिया में व्यस्त था। साल भर में एक बार होने वाले एनुअल जैकपोट पर उसकी निगाहें थीं। पिछले दिनों उसने ड्रीम वीवर के थर्ड लेवल के सेसन में उसने एक ही सिचुएशन को रिपीट करकेसैकड़ों बार देखा था और सारे परमुटेशन-कॉम्बिनेशन बिठा करके के उसने 6 सिचुऐशन निकाली थी जो उसके पक्ष में थीं। और वो 6 सिचुऐशन एनुअल जैकपोट में होने वाले सट्टे पर लगा दी थीं और साथ ही लगाया था अपनी जिंदगी का सबसे बड़ा दांव।

लेकिन इस बार उसका लक आसमान पर था। उन 6 में से एक न0 उसका लग ही गया और उसने सट्टे की मार्किट में तहलका मचा दिया।

***

टोयोटा रॉयल सेंचुरी की सिक्स्थ जनरेशन कार G-90 तकरीबन 200 किमी की स्पीड से हाईवे पर दौड़ी जा रही थी। उसमें बैठा हुआ गाड़ी का मालिक बार-बार अपनी घडी की तरफ देख रहा था जैसे उसे कहीं पहुँचने की बहुत जल्दी थी। उसने साइड की रेस्ट आर्म के कप होल्डर से

अपनी कॉफ़ी उठाई और जैसे ही सिप लिया उसे गाड़ी पर दो बार कुछ टकराने की आवाज आई। ये लगभग किसी बुलेट जैसी आवाज थी। हालांकि उसकी गाड़ी बुलेटप्-प्रूफ थी। उसने विंडो गिलास पर झांककर देखा तो दो मैगनेट जैसी गोल चीजें ग्लास पर चिपकी हुयीं थीं। उसे ये समझते देर न लगी ये मैगनेट जैसी चीजें उसके ग्लास तो तोड़ने के लिए शूट की गयी थीं। एक हल्का सा ब्लास्ट शीशे पर हुआ और शीशा टकरा कर चूर हो गया। गाड़ी मालिक स्थिति को भांपते हुए तब तक नीचे लेट गया था और ड्राईवर को गाड़ी तेज करने के निर्देश भी दे चुका था। 5 सेकंड्स से अन्दर तीन गोलियां गाड़ी से टकराई जिनमें से एक उसकी सीट में धंस चुकी थी लेकिन इतनी ही देर में गाड़ी भी किसी अनजान हमलावर और उसकी गोलियों से काफी दूर निकल चुकी थी।

गोली दूर एक बिल्डिंग में बैठे हिटमैन खलील ने चलायी गयी थी. हमला एफ-एन बेलिस्ता जो की बेल्जियम की लेटेस्ट असोल्ट राइफल थी, से किया गया था लेकिन फिर भी हमला नाकाम रहा। ऑपरेशन फ़ैल होते ही खलील ने डीवी के प्लग्स को निकलकर कर फैंक दिया। गोली असल में नहीं चली थी। खलील अपने टारगेट को डीवी के थर्ड लेवल सिचुएशन में इमेजिन कर रहा था।

खलील एक पेशेवर हिटमेन था। पैसे के बदले में किसी की भी हत्या करना बस यही काम था उसका; और अपने काम में वो बहुत ही ज्यादा फ़ोकस और डेडली था। उसे सिर्फ दो चीजों से मतलब होता अपने टारगेट से और उस टारगेट के बदले मिलने वाले पैसों से। उसने अब तक 200 से ज्यादा हत्याएं की थीं। समय के साथ वो अपने हथियारों और टारगेट के मारने के तरीकों को अपडेट करता रहता था। डीवी के आ जाने से सहूलियत होने लगी थी। अपने लेटेस्ट टारगेट की इनफार्मेशन ले लेने

के बाद वो उसे किस-किस तरीके से मार सकता है उसी की प्रैक्टिस डीवी पर कर रहा था। अब तक उसने कई तरीके आजमा कर देखे थे जैसे अपने टारगेट के ऑफिस में AC डक्ट से जहरीली गैस छोड़ना, उसकी गाड़ी को छोटी मिसाइल से उड़ा देना, सोते वक़्त बिल्डिंग की छत को उसके ऊपर गिरा देना, या साइलेंटली उसके घर में घुस कर एक-एक गार्ड को मारते हुए उसके बेडरूम तक पहुँच कर उसके माथे के बीचो-बीच एक बुलेट धांसने का। लेकिन किसी भी तरीके से वो सक्सेस नहीं हो पा रहा था।

उसने तस्करी से मंगवाया हुआ क्यूबन सिगार सुलगाया और कर कुछ सोचने लगा। 5 मिनट बाद जब वो फिर से डीवी में था तो अपने कल्पना-लोक से बाहर आने पर वो हंस रहा था। उसका ये दांव शायद सही पड़ गया था और अपने टारगेट को ख़तम करने का तरीका उसने फाइनल कर लिया था।

***

लोगों के बढ़ते दबाब को देखते हुए इवान ने अब सरकार से नजदीकियां बढ़ानी शुरू कर दी थी। पैसा उसके लिए मायने नहीं रखता था और वो खुद भी बहुत सारी सोशल संस्थायों की मदद करता रहता था। लेकिन अब वो सरकार के कहे अनुसार पैसा लगाने लगा। कैबिनेट मिनिस्टर आफ साइंस एंड टेकनोलोजी दिनेश अहिरवार से उसने दोस्तों के जैसे सम्बंध बना लिए थे। उसे पूरा यकीन था कि ये सब करते रहने से गवर्नमेन्ट उसके फेवर में बनी रहेगी। एक दिन इवान ने दिनेश अहिरवार को अपने घर पर एक इनफॉर्मल मीट के लिए बुलाया। बहुत ज्यादा व्यस्तता होने के बाबजूद इवान वहां समय से अपने घर पर मौजूद था।

'क्या लेंगे सर,स्कॉच या व्हिश्की' इवान ने मंत्री को थोड़ी देर बैठने के बाद पूछा 'जो तुमको सही लगे, कुछ भी चलेगा. जो भी पिलाओगे बढ़िया ही होगा' दिनेश ने बड़े ही आराम से कहा इवान ने *दी डालमोर* की 90 साल पुरानी व्हिस्की की बोतल निकाली। ये दुनिया की सबसे मंहगी शराब में से थी। एक पेग अन्दर जाते ही इनफॉर्मल बातें शुरू हो गयी।

'लोगों का दबाब बढ़ता ही जा रहा है इवान। हो सकता है सरकार को ड्रीम वीवर के अगेंस्ट में कोई कड़ा कदम उठाना पड़े' दिनेश ने गिलास रखते हुए कहा 'ये सब लोग तो बेवकूफ हैं। क्या सरकार ऐसे बेबकूफों की बातें मानकर काम करेगी अब?' इवान जैसे उसकी बातों से एक दम लापरवाह था।

'यही तो प्रजातंत्र है इवान। सुनना पड़ता है और ज्यादा दबाब होने पर एक्शन भी लेना पड़ता है' दिनेश एक ठीठ की तरह मुस्कुराया 'ऐसा कुछ नहीं कर सकती सरकार। मैं गवर्नमेंट को क्या इसी लिए इतने पैसों से सपोर्ट कर रहा हूँ। आप सरकार को समझाइए और ऐसे लोग जो इस तरह ही डिमांड कर रहे हैं उन पर थोड़ा लगाम कसिये' 'मुश्किल है मेरे भाई। बहुत मुश्किल है। सरकार के काम करने का अपना एक तरीका होता है और पब्लिक के विद्रोह को देखते हुए कुछ न कुछ स्टेप तो लेना पड़ सकता है' दिनेश ने एक और सिप लेकर कहा।

'अगर लोग डीवी के खिलाफ हैं तो इसके फेवर में उससे भी कई ज्यादा तादात में है। क्या ऐसे लोगों की बात नहीं सुनेगी सरकार' इवान ने दूसरा पेग बनाना शुरू किया।

‘हाँ तुम्हारा कहना सही है लेकिन डीवी के अपने साइड इफ़ेक्ट भी तो हैं। तुम तो ऐसी खबरों से अच्छे से वाकिफ होंगे। आखिरकार संतुलन भी तो कोई चीज है। बस बस बर्फ ज्यादा नहीं। ज्यादा बर्फ होने से शराब का जायका बिगड़ जायेगा। इसलिए बैलेंस हमेशा हर जगह बना रहना चाहिए’ दिनेश ने इवान को टोकते हुए कहा इवान उसकी बात का मतलब अच्छे से समझ रहा था। ये एक तरह की चेतावनी थी।

‘तो क्या करने जा रही है सरकार? आप कुछ सोचे हैं इस बारे में’ इवान ने बेहद ठन्डे लहजे में पूछा ‘मेरे पास तुम्हारे लिए एक बहुत अच्छा प्रपोजल है। इससे तुम्हारी, सरकार की और डीवी के खिलाफ बोलने वालों सभी की मुश्किलें हल हो जाएँगी’ दिनेश आख़िरकार जिस काम के लिए आया था उसके पत्ते खोलना उसने शुरू कर दिए।

‘और इसके लिए मुझे क्या करना होगा’ इवान ने सोफे से आगे झुकते हुए पूछा ‘तुम्हें डीवी के क्लाउड राइट्स गवर्नमेंट एजेंसीज के साथ शेयर करने होंगे जिससे हम लोगों को समझा सकें कि इससे डीवी का दुरूपयोग करने वालों पर लगाम कसी जाएगी और डीवी के कुछ एरियाज को ब्लाक करेंगे ताकि लोग इसका गलत तरीके से यूज़ न कर पायें।’ दिनेश ने प्रपोजल रखा ‘आप जानते हैं इसके क्लाउड को किसी के साथ शेयर करने का मलतब है मैं किसी दूसरे को अपनी टेक्नोलॉजी का कण्ट्रोल और पहुँच दोनों दे दूँ। कल को डीवी जैसा प्रोडक्ट हर दूसरा हैकर बना लेगा और ऐसे में फिर मैं और डीवी दोनों ख़तम हो जायेंगे. इवान ने थोड़ा गुस्से में कहा।

‘इसके लिए कोई न कोई रास्ता निकाल सकते हैं’ दिनेश अपनी बात पर अडिग था।

‘लेकिन डीवी को अगर सीमित कर देंगे तो ये बस एक गेम जैसा बनकर रह जायेगा। आखिर आदमी की कल्पना की कोई सीमा नहीं है। अगर सरकार को इतनी ही चिंता है तो सोसाइटी के एंटी काम करने वालों को रोकना चाहिए। डीवी को रोकने से क्या होगा’ इवानने खुद पर थोड़ा कंट्रोल करते हुए कहा।

‘यार वो सब तुम समझते हो लेकिन फिलहाल के लिए सरकार पर बहुत प्रेशर है कुछ न कुछ सरकार को करना पड़ेगा। कोई बड़ा कदम उठाने से बेहतर ये आईडिया है अगर तुम मान लो तो मैं सरकार से समझौता करा दूंगा’ दिनेश ने कहा ‘लेकिन क्या बस इतना ही। क्या आप मुझसे बस इतना ही चाहते हैं?’ इवान को उसकी बात पर भरोसा नहीं हो रहा था।

‘एक और सबसे जरुरी बात. मुझे डीवी के 25% शेयर चाहिए तब ही डीवी शांति से चल सकता है।’ दिनेश ने अपना आखिर पत्ता खोला ‘आपका दिमाग तो ठीक है न?’ इवान गुस्से से भर चुका था लेकिन उसने अपना आपा नहीं खोया।

‘मेरा दिमाग बिलकुल दुरुस्त है। तुम थोड़ा ठन्डे दिमाग से काम लेकर फैसला करो। आखिर क्या करोगे इतने पैसे का। हम जैसे लोगों का भी तो सोचो जो तुम्हारी तरफ से खड़े हुए हैं। इसके बाद यकीन मानों तुम्हारे ड्रीम वीवर को कुछ नहीं होगा। तुम भी कमाना और हम भी कमाएंगे’ दिनेश अभी भी उसे धमकाने के अंदाज में था।

‘ये तो नामुमकिन है’ इवान अब बहुत कूल होकर बोला।

अब गुस्साने के बारी दिनेश की थी. उसने गिलास टेबल पर रखते हुए कहा, ‘तब तो फिर बहुत मुश्किल हो जाएगी। हो सकता है कुछ ही दिनों

में डीवी को बैन कर दिया जाए' 'आप यहाँ मुझे धमकाने आये हैं' इवान के थोड़ा तल्ख़ लहजे में बोला 'धमकाने नहीं बच्चे समझाने आया हूँ बाकी तुम सोच लो' दिनेश ने खड़े होते हुए कहा, 'एक दिन का वक़्त है तुम्हारे पास कल तक फैसला करके मैसेज भिजवा देना और नहीं तो फिर होने वाले किसी भी परिणाम के लिए मैं जिम्मेदार नहीं हूँ'।

***

दिनेश अहिरवार अपने ऑफिस में बैठा हुआ था. पिछली शाम को इवान के साथ हुए वाकये के बाद वो पूरी तरह से निश्चिन्त था। उसे मालूम था कि इवान के पास उसकी बातें मानने के अलावा कोई दूसरा आप्शन नहीं हैं। वो बस इवान की रजामंदी का का इंतज़ार कर रहा था। ड्रीम वीवर में 25 परसेंट की हिस्सेदारी से उसने ये भी अनुमान लगा लिया था कि उसे तकरीबन कितना पैसा मिलेगा। अगर इवान तैयार नहीं होता तो उसने दूसरा प्लान भी तैयार रख रखा था कि कैसे उसे मजबूर करना है। जैसे ही वो एक बार इवान पर दबाब डलवाना शुरू करता तो उसे मालूम था कि 10 दिन के अन्दर ही इवान घुटने टेक देगा। वो इसी उधेड़-बुन में था कि उसके मोबाइल पर एक मैसेज आया जो इवान ने भेजा था। बड़ी उत्सुकता से उसने मैसेज खोला जो की इवान की रिकॉर्ड की हुयी विडियो क्लिप थी।

आदरणीय मंत्री जी,

आपने एक दिन का समय दिया था मुझे मैसेज भेजने का आपकी आज्ञा के हिसाब से मैंने मैसेज ही भेजा है। आपने कल जिस तरह से धमका कर मेरा मार्गदर्शन किया उससे मेरी आँखें खुल गयी और मुझे समझ आ गया कि मेरे पास आपकी बातों को मानने के अलावा कोई और चारा

नहीं हैं। मैं बेहद सम्मानजनक तरीके से आपको ये बता देना चाहता हूँ कि मैं आपकी शर्तों को मान नहीं पाऊंगा। हाँ इसके एवज में मैं यह पूरी तरह समझता हूँ कि पूरा सरकारी अमला मेरे इस क्रांतिकारी प्रोजेक्ट ड्रीम वीवर को जिसके पूरी दुनिया में करोड़ों यूज़र्स हैं, को पूरी तरह से बंद करवाने के लिए सक्रिय हो जायेगा। मुझे मजबूरी वश अपना पूरा सेटअप लेकर इस देश को छोड़कर किसी दूसरे देश में सेट होना पड़ेगा, जिसके लिए मैंने दूसरे देशों से बातचीत भी करनी शुरू कर दी है और आपको शायद ये सुनकर अच्छा न लगे कि कई देश मेरे इस प्रपोजल को लेकर बेहद गंभीर नज़र आये और उन्होंने बेहद सकारात्मक प्रतिक्रियायें दी हैं। हालांकि इस पूरी प्रकिया मैं मुझे बेहद कष्ट होगा और यकीन मानिये मैं इस कष्टदायी प्रक्रिया से गुजरने को तैयार हूँ। मैं आपका बेहद आभारी हूँ कि आपने इतने लम्बे समय तक मुझे सपोर्ट किया और डीवी को इस ऊँचाई तक पहुँचाने में मेरी मदद की। और आपके इस आभार के बदले में मैं आपको केवल कुछ जानकारियां ही दे पाउँगा जो मेरे ड्रीम वीवर के क्लाउड में सुरक्षित हैं। ये जानकारियां आपकी पार्टी के बहुत सारे लीडर्स, जिनमें आप और आपकी पार्टी के चीफ भी शामिल है, से जुडी हुयी हैं। ये जानकारियों बस आप सब लोगों की अजीब, पाशविक और विकृत मानसिकताएं और सपने से जुडी हुयी हैं। मुझे भी मालूम नहीं था कल रात को आपकी डीवी ID को चेक करने के दौरान ही मुझे पता चला कि आप लौंडेबाजी का शौक भी रखते हैं। मुझे उम्मीद है कि आप इन सब बातों को अपने घर, पार्टी दफ्तर या पब्लिक से दूर ही रखना चाहेंगे। और यकीन मानिये इसमें सिर्फ और सिर्फ मैं ही आपकी मदद कर सकता हूँ।

आपका हितेषी

इवान

पूरा प्ले होते ही विडियो क्लिप 10 सेकंड में सेल्फ डिलीट हो गया। पूरी क्लिप ख़तम होने तक दिनेश अहिरवार का चेहरा गुस्से से लाल पड़ चुका था।

***

देश भर में डीवी के विरोध में प्रदर्शन शुरू हो गए। लोग सड़कों पर उतर आये। डीवी और इवान के पुतले जलाये गए, इवान के पुतले को जूतों का हार पहना कर मुंह काला किया जाने लगा, नारेबाजी और डीवी पर बैन करने की मांग उठने लगी। सरकार ने लोगों के प्रदर्शन और विरोध को देखते हुए डीवी के मालिक इवान से जबाब तलब करके 24 सूत्रों का नोटिस भेजकर पूछा कि क्यूँ न डीवी को बेन कर दिया जाए।

इस सब से इवान बहुत व्यथित हो चुका था। उसने अपने मन और भावनाओं पर काबू पाने के लिए अपनी पुरानी विद्या जो उसे अपने पिता से मिली थी, पर फोकस किया। इस वक़्त वो कमरे में पद्मासन में बैठा हुआ ध्यान लगाने की कोशिश कर रहा था। इससे पहले की वो ध्यान में जा पाता कि उसके मानसपटल पर उभरा बिच्छी....।

हर चीज से निडर रहने वाला इवान उसकी मौजूदगी से सिहर पड़ा। उसे लगा जैसे वो आंख्ने बंद किये हुए बैठा है और बिच्छी उसके चारों और धीमे क़दमों से टहल रहा है। उसने अपनी आँखें खोलने की कोशिश की लेकिन उसे अपनी पलके इतनी भारी लगी जैसे उन पर किसी ने भारी बाँट रख दिए हों। उसके दिमाग में एक आवाज गूंजी, 'मना किया था न। बार-बार संकेत दिए थे तुझे। लेकिन तू नहीं समझ पाया। तूने हर आदमी को वो शक्तियां दे दी जिसके वो लायक नहीं हैं। राम ने शिव के महान

धनुष पिनाक को इसी लिये तोड़ा था कि कहीं कोई नादान, नाकाबिल या आसुरी प्रवृति का आदमी उसका दुरूपयोग न करने पाए...'

'ह्म्म्म.....म्मम्म...' बिच्छी जैसे कुछ गुनगुनाने लग गया। दो पल ऐसे ही गुनगुनाने के बाद उसने फिर बोलना शुरू किया, 'प्रकृति से खिलवाड़ है ये। बहुत सालों की तपस्या में स्वयं को जलाने के बाद आदमी जब अपना दर्जा ऊँचा कर लेता है कि वो अपनी कल्पनाओं को स्वरुप देने के काबिल बन सके तब जाकर ये महान सृष्टि उसे इस बात का आशीष देती है लेकिन तूने हर चिलगोजे के हाथ में वो ताकत पकड़ा दी। ये सही नहीं था। सोच तुझे किस पूजा की वजह से ये शक्ति मिली और तूने उस आराधना को भुला कर वो शक्तियां पतझड़ के पत्तों सरीखे सड़कों पर बिखरा दी।' कहकर बिच्छी चुप हो गया।

बंद आँखों से भी इवान ये देख पा रहा था कि बिच्छी उसके सामने आकर बैठा था और उसके चेहरे के करीब आकर फिर से बोला, 'भूल सुधारने का मौका मिलता है लेकिन वो बहुत नाज़ुक मौका होता है। इस बार बहुत संभल कर नहीं तो हर गलती की सज़ा होती है और कुछ सजायें बहुत भारी होती हैं....'

बिच्छी अचानक से गायब हो गया और उसके गायब होती ही इवान का शरीर ऐसे गिरा जैसा कि वो कोई कटा हुआ पेड़ छपाक से नदी में गिरा हो। गिरते ही अचानक से इवान की आँखें खुली उसका पूरा शरीर भीगा हुआ था। कैसा भयानक सा सपना था। उसे ठीक से याद भी नहीं आ रहा था कि उसने आखिर सपने में देखा क्या था? बस वो डरा हुआ था। उसका शरीर अब ठंडा पड़ गया था लेकिन वो पूरी तरह पसीने से भीगा हुआ था। उसे याद आया कि दिन भर उन बेचैन कर देने वाली ख़बरों के

बीच कैसे वो बुखार में भी दिन भर काम करता रहा था और रात को बुरी तरह थकाहारा वो दवा खाकर सोया था और उसी बीच में उसे कोई बुरा सपना आया था। अक्सर तेज बुखार में ऐसे सपने आते ही हैं। उसने टीवी चालू की जिस पर अभी तक उसके खिलाफ बना हुआ माहौल जारी था। बिस्तर छोड़ते हुए उसने महसूस किया की उसका आज का दिन भारी गुजरने वाला था।

***

सुबह के 9 बजे इवान ने पब्लिक के साथ अपना एक विडियो शेयर किया। जो अपनी रिलीज के घंटे भर भीतर ही ट्रेंड करने लगा. इवान ने अपनी बात विडियो में बहुत साफ़ शब्दों में रखी।

"मेरे प्रिय देशवासियों,

डीवी के खिलाफ में आपका गुस्सा समझ सकता हूँ. जिस तरीके से पिछले दिनों डीवी को लेकर विचलित करने वाली खबरें आई हैं वो वाकई में दिल तोड़ कर रख देने वाली हैं. मेरा यकीन मानिए जब मैंने इसे बनाया था तो बिलकुल भी नहीं सोचा था कि इसका ये पहलू भी सामने आएगा. लेकिन यहाँ ये भी तो याद रखें कि आग से खाना बनता है तो वोही आग घर जला भी सकती है. बिजली से अगर हमारी रोजमर्रा जिंदगी चलती है तो ये बिजली झटका देकर किसी की जान भी ले सकती है. लेकिन इसका मतलब ये तो नहीं कि हम बिजली या आग को ख़तम ही कर दें।

डीवीको लेकर जो भी ख़राब पहलू सामने आयें है वो डीवी के नहीं बल्कि इस समाज के आदमी के विकृत और पाशविक पहलू हैं. डीवी ने तो बस आइना दिखाया है. अगर लोगों को डीवी से शिकायतें हैं तो वो

समाज से होनी चाहिए क्यूंकि डीवी तो बस आइना है. इस आईने को तोड़ देने से आपके मुंह पर लगी कालिख साफ़ नहीं हो जाएगी. मैं और मेरी पूरी टीम इसपर काम कर रहे हैं कि कैसे हम डीवी के प्लेटफार्म पर आने वाली समस्याओं और इसके नकारात्मक प्रभावों को कम कर सके. आपको धैर्य के साथ अपने डीवी पर भरोसा रखना होगा. उसी डीवी पर जिसने आपके सपनों को जीवंत किया, जिसने करोड़ों लोगों के जीवन में सुकून भरा, जिसने जीवन को हिम्मत और हौंसले दिए, जीने की राह को आसान बनाया, आपकी यादों को इतना सुनहरा बनाया जितना शायद ही ये कभी हो सकती थीं. तो अगर आप अपने ड्रीम वीवर को जिन्दा देखना चाहते हैं तो बस धैर्य के साथ मेरा साथ दें. आज रात से लेकर कल तक के बीच में हम डीवी को नयी अपडेट के साथ नया जीवन देंगे. आप तैयार रहें डीवी के इस नए जीवन की जीवन्तता को देखने के लिए।

और साथ ही मैं यहाँ ये भी कहना चाहूँगा कि हमें दूसरों की प्राइवेट लाइफ में झाँकने का कोई हक नहीं है. दूसरों के बेडरूम में झांकना बहुत गलत है और मुझसे इस बात की डिमांड की जा रही है कि हम लोगों के दिमाग में झाँकने को खुला कर दें जो कि मुझे कतई अनुचित लगता है लेकिन फिर भी अगर लोग इस समाज के विकृत चेहरे को देखना ही चाहते हैं तो आपका डीवी ही बहुत सारे नकाबों के पीछे छिपे हुए घटिया और वाहियात मानसिकता वाले चेहरों को दिखा सकता है जिसमें आपके बहुत से प्रिय चेहरे शामिल हो सकते हैं"।

इस मेसेज के बाद मीडिया में ट्रेंड करने लगा कि इवान बहुत सारे चेहरों को बेनकाब कर सकता है। बड़ी तादात में लोग इवान और डीवी के फेवर में सन्देश भेजने लगे। दूसरी तरफ दिन भर के काम बाद वो इस स्टेज पर पहुँच गया कि वो डीवी को नया अपडेट दे सके। इस अपडेट में

बहुत सारे कॉलम को ब्लाक कर रेस्ट्रिक्ट कर दिया गया। लोगों की डिमांड और विरोध दोनों का ध्यान रखते हुए ख़राब हिस्सों को या तो बेहतर कर दिया या ब्लाक ही कर दिया गया। इस नयी अपडेट में तकरीबन 24 घंटे लगने थे। अपडेट एक बार शुरू करने के बाद इवान को फाइनल सिस्टम रीबूटिंग से पहले अपना मास्टर पासवर्ड डालकर फिंगर और रेटिना स्कैन करने थे जिससे अपडेट फाइनल हो सके।

इसके बाद इवान ने सरकार से जुड़े उन बड़े चेहरों के डीवी अकाउन्ट्स को खंगालना शुरू किया ताकि वो जरुरत पड़ने पर वो उनको सामने लाकर सरकार पर उतना दबाब बना सके और जरुरत हो तो सरकार को गिरव भी सके। वो किसी भी परिस्थति में झुकने को तैयार नहीं था। उसका सपना और लाखों करोंड़ों की जिंदगी बन चुके ड्रीम वीवर को वो किसी भी हाल में खो नहीं सकता था। अकाउन्ट्स खोजते-खोजते उसकी निगाह एक अकाउंट पर पड़ी जिसका नाम था जेनब। बस इवान का दिल धक् करके बैठ गया। उसके हाथ सुन्न पड़ गये। क्या ये वोही जेनब थी जिसकी खातिर उसने ये सब किया था? आखिर जिसको वो इतना प्यार करता था वो उसके जेहन से दूर कैसे हो गयी? क्या उसके पास आज इतनी पॉवर और पैसा नहीं था कि वो जेनब को पा सके। बिलकुल था लेकिन वो तो शायद खुद ही जेनब के ख्याल को भुला बैठा था। आज जेनब का नाम सामने आते ही उसका प्यार सुनामी के जैसे उसको डुबो गया। इवान ने उस अकाउंट को ओपन किया।

हाँ वो जेनब ही थी। उसकी जेनब वो प्यारी सी तस्वीर जैसी उसके दिल-दिमाग में बनी हुयी थी, वो उसकी आँखों के सामने थी।

इवान की आँखों से आंसू रुकने का नाम नहीं ले रहे थे। उसे खुद पर और अपने प्यार पर शर्म सी महसूस हो रही थी। आखिर कैसे नाम और

शोहरत उसके प्यार पर हावी हो गयी थी। डीवी को आखिर उसने इसीलिए तो बनाया था कि कम से कम वहां तो उसके साथ अपनी जिंदगी जी सके लेकिन फिर वो उसी को भूल बैठा। उसका प्रेम ही तो पूजा था जिस पूजा की वजह से उसको डीवी जैसे अविष्कार को करने की प्रेरणा मिली थी।

वो पश्चताप में था लेकिन अब इस वक़्त उसके लिए जेनब और उसके प्यार से बढ़कर कुछ भी नहीं था। आज फिर से खुशबू के झोंके की तरह जेनब उसके पास आई थी। शायद ये ऊपरवाले की मर्जी थी कि वो अपने प्यार से मिल जाए। वो जेनब के बारे में और जानने के लिए बहुत बेकरार था। इवान ने जेनब की प्रोफाइल खोल कर उसकी कल्पनाओं को जानने की कोशिश की। अब ये उसके लिए और भी ज्यादा झकझोरने वाला था। जेनब की कल्पनाओं में इवान का नाम सबसे ऊपर था। तो क्या जेनब भी उसके लिए वैसे ही भावनाएं रखती है। जहाँ एक तरफ वो उसको भुला बैठा था वहीँ दूसरी तरफ जेनब उसके ही बनायी हुयी दुनिया में उसी के सपने देख रही थी। उसके शरीर का पोर-पोर ख़ुशी से उबल रहा था। जेनब की id में उसकी कांटेक्ट इनफार्मेशन भी थी। इवान ने अपना फ़ोन उठाया और कांपती हुयी उँगलियों से जेनब का न० डायल किया।

'हेलो' जेनब की कंपकपाती आवाज ने इवान के कानों में मिसरी घोल दी।

'कैसी हो जेनब तुम' इवान ने मुश्किल से अपनी उखड़ी हुयी साँसों पर काबू करते हुए कहा,

'तुम..तुम...क्या तुम इवान बोल रहे हो' जेनब के लिए ये बेहद चौकाने वाली बात थी।

'जेनब..ओह्ह जेनब तुमने कहा क्यूँ नहीं'

'क्या?'

'यही कि तुम भी मुझसे प्यार करती हो'

'क्या कहती इवान। महसूस तो मैं भी बहुत कुछ करती थी और जब तुमने मुझे प्रपोज किया था तब भी मैं कुछ और कहन चाहती थी लेकिन तुम तो जानते हो न ये समाज में हमें भावुक होने की कोई इजाज़त नहीं देता। जब तुम मुझसे दूर हो गये तब मैं तुम्हारे और पास आने लगी। हर दिन, हर पल। मैं खुद की सारी भावनाएं जोड़ कर तुम्हारे पास आना चाहती थी लेकिन तक तुम मुझसे दूर होकर आसमान की ऊचाईयों पर चले गए थे। ऐसे मैं मेरे पास तुम्हारे इस ड्रीम वीवर के अलावा कुछ नहीं था। मैं अपनी इसी जिंदगी में खुश थी। मैं तो कभी सोच भी नहीं पायी थी कि कभी तुमसे बात भी होगी। तुम्हें अब आज जाकर मेरा ख्याल कैसे आ गया।' जेनब ने अपनी दास्ताँ सुनाई 'मुझे इस बात के लिए माफ़ कर दो कि मैं इतनी देर बाद लौटा लेकिन अब कसम है अब एक पल भी देर नहीं होने दूंगा तुम्हारे पास आने में। तुम अभी कहाँ हो' इवान बहुत बेताब था।

'घर पर' जेनब ने खुश होते हुए बताया।

'मैं बस आ रहा हूँ। आ रहा हूँ तुम्हारे पास..अब मैं और नहीं रुक सकता' इवान ने खड़े होकर अपने आंसू पोंछते हुए कहा।

'लेकिन तुम अभी इतनी सारी मुसीबतों से घिरे हो। लोग तुम्हारे अगेंस्ट हैं। मेरे ख्याल से तुम्हारा अभी कहीं भी निकलना सही नहीं है' जेनब ने थोड़ा घबरा कर कहा।

'सिर्फ एक तुम्हारे ख्याल से मैंने ये पूरी दुनिया जीत ली थी और अब जब तुम मेरे साथ हो तो इस दुनिया की कोई ताक़त मुझे हरा नहीं सकती। तुम बिलकुल भी चिंता मत करो मैं सब सही कर दूंगा। फिलहाल तुम मेरा वेट करो मैं आ रहा हूँ तुम्हारे पास...'

इवान भागते हुए अपने ऑफिस से निकला। उसे इस तरह भागते हुए देखकर उसके ऑफिस के सहकर्मी और गार्ड्स उसके पीछे दौड़ने लगे। बाकी सब जब तक कुछ समझ पाते तब तक बिजली की गति से भागता हुआ इवान पार्किंग में खड़ी अपनी कार में बैठ गया और निकल पड़ा अपनी असली जिंदगी की तरफ। जेनब से भी इवान के आने तक का सब्र नहीं हो रहा था, उसने भी इवान के आने तक इवान के ख़यालों में रहने का सोचा और अपना डीवी ऑन कर लिया।

इवान की गाड़ी बहुत तेज़ी से जेनब की तरफ भागी जा रही थी। अपनी बेइंतिहा ख़ुशी में उसने ये महसूस भी नहीं किया कि उसकी गाड़ी के पीछे-पीछे भी कई गाड़ियाँ भाग रही थीं। उसके अपने गार्ड्स उसके पीछे थे। एक बाइक ने उसकी गाड़ी को ओवरटेक किया और बाइक अचानक से धीमे पड़ गयी। इवान की कार भी बहुत तेजी में थी इससे पहले इवान कुछ समझ पता उसकी गाड़ी ने बाइक को पीछे से ठोक दिया और बाइक का सवार थोड़ी दूर छिटक कर गिर पड़ा। हडबडाते हुए इवान ने अपनी कार रोकी और उस बाइक सवार का हाल लेने के लिए गाड़ी से उतर कर उसकी तरफ दौड़ा। कुछ ही पलों में एक कार उसके पास आकर रुकी और उसका शीशा नीचे हुआ। इवान को लगा कि एक्सीडेंट के कारण कोई दूसरा मदद के लिए रुका है। गाड़ी में से एक हाथ बन्दूक लिए हुए निकला और एक के बाद एक कई गोलियां इवान के सीने में उतार दी गयी। चंद पलों में इवान का शरीर ठंडा पड़ गया। गोली चलाने वाले हाथ

ख़लील का था। जितना मुश्किल उसे ये काम लग रहा था उससे कहीं गुना ज्यादा आसानी से उसका टारगेट पूरा हो गया। खलील की गाड़ी इवान के ठन्डे जिस्म को पीछे छोडती हुयी आगे बढ़ गयी। इवान के होंठ कुछ कहना चाह रहे थे लेकिन शरीर इस बात की इजाजत नहीं दे रहा था। उसकी आँखें और दिल की धड़कन दोनों ही बंद हो चुकी थी। अब उन बंद आँखों के पीछे न कोई झूठी दुनिया चलेगी, न सपनों की कल्पना बुनी जाएगी। अब उसकी आँखें आराम करेगी कभी न खतम होने वाला आराम।

दुर्भाग्य से जो करोड़ों लोग उस वक़्त डीवी पर थे वो सब भी सॉफ्टवेयर की अपडेट में अटक कर किसी टाइमलाइन में फंसे रह गए जहाँ से उन्हें होश में ला पाना बेहद मुश्किल में था। करोड़ों लोग इवान की आखिरी सांस के साथ कोमा में डूब चुके थे, जिनमें इवान की जेनब भी थी। यकीन मानीए इस बार इवान की कोई गलती नहीं थी। ये मृत्यु ही है जो जीवन को अर्थ देती है। हम सिर्फ उन आयामों को देख सकते हैं जो हमारे सामने हैं लेकिन एक आयाम इस दुनिया से परे भी होता है। अब जेनब और इवान अब उसी दूसरे आयाम में मिलेंगे कभी न बिछड़ने के लिए।

तुम जिसे ढूंढ रहे हो वह तुम्हे ढूंढ रहा है।

-रूमी

6

प्रेमलीला

हमको न ई शहर साला कभी रास ही नहीं आया...

हम तो कतई यहाँ नहीं आना चाहते थे लेकिन बापू का हमको कलेक्टर देखने के सपना हमको इहाँ दिल्ली मां ठेल दिहीस। हमको संगम और इलाहाबाद हर रोज जी भर कर के याद आता था अऊर कभी कभी तो हम फफक-फफक के रोते थे। हमरा बापू बहुत भोला रहा, हम पर बहुत विश्वास करता रहा और पूरा इलाहाबाद में हल्ला काट दिया रहिल की सलिलवा कलेक्टर बनेगा। हम सालन-साल तैयारी मां निकाल दिहीस लेकिन हमसे कलेक्टर तो का एसडीएम का भी परीक्षा पास नहीं हुआ। बापू हमका बोल दिया की जो करना है करो हम तुम्हरा मुंह भी नाहीं देखना चाहते हैं।

हमहू का करते कुछ नौकरी धंधा तो करना ही था न जीवन की खातिर सो हमने एमबीए मे दाखिला ले लिया। कक्षा में हम और लोगन से कुछ साल बड़े ही थे और ज्यादा दुनिया देखे रहिल थे बाकी सब से तो थोड़ा तेज़ भी रहे। ऊ का है कि हम कलेक्टर बनने लायक तेज़ नहीं थे तो गोबर-गनेस भी नहीं थे, एक टाइम में पूरे फाफामऊ में हमरे जितना तेज़ विधार्थी नहीं रहा। अँग्रेजी हमारी कमजोरी रही लेकिन ऊखर बाद भी

हमारी तेजी को पूरी कक्षा नोट कर रही थी लेकिन हम सबसे ज्यादा नोट करते थे रिचा को।

जिस दिन से हम रिचा से मिले रहे उस दिन से दिल्ली हमको रास आए लगिन। अंडा के जैसन सफ़ेद गोरी लड़की रही वो। जब पास मां से निकलती रही तो खुशबू के मारे बदन झरझरा जाता रहा। दुई साल हम चुपचाप उसको तड़ते रहे कभी कुच्छो नहीं बोल पाए। ठीक से याद नहीं पड़ता कि किसी मौके पर उसकी हमसे बात भी हुयी थी या नहीं। हमरा एक तरफा प्रेम ऐसे ही हमरे सीने मे भभक के रह गया। MBA के बाद में हम सेल्स और मार्केटिंग में नौकरी करन लगे। झूठ-सच बोल के ठीक-ठाक कमा लेते रहे। जब से हमने पैसा घर पे भेजना शुरू किया रहा न तब से बापू भी हमसे उतना नाराज नहीं था। अब वो अक्सर अम्मा से बोलकर हमको बियाह के लिए हामी भरने को बोलता रहता था। हम कुछ-कुछ आया गया करके बात को टालते रहते। वो का था कि रिचा के बाद से हमको कोई और लड़की समझ नहीं आई।

एक रोज हम एक कंपनी कि तरफ से एक इवैंट में गए थे अऊर जानते हो भैया का हुआ उस दिन पूरे डेढ़ साल बाद हमको डेढ़ इश्किया माफिक रिचा मिल गयी। और तो और भाई जी ऊखर रोज हमका ये बड़ा सेल्सपर्सन ऑफ दी इयर का अवार्ड मिला। ये स्सस्साला शेर भी किसी रोज सवा शेर बनता है। उस रोज हम सवा शेर रहे। रिचा हमको पहचान लेनी थी और खुद से बात करने के लिए हमरे पास आई रहीं। फिर हम लोग बाहर खाने गए और एकही रात मे हम उसके इतना करीब आ गये जितना कभी 2 साल मे उसके आसा-पास भी न फटक पाये थे। पूरी रात हमरे शरीर मे गुदगुदी होती रही। अगले ही दिन हम उससे मिलकर वो सब बता दिये जो हम दो साल कालिज मे उसके लिए फील करते रहे। वो

सुनकर बहुत प्रसन्न हुयी। अब हम दोस्त थे तगड़े वाले दोस्त..दिन भर हम उससे चैट करते और रात रात भर बातें। हम दोस्त से आगे बढ़कर उसके कुछ और बन जाना चाहते थे और एक रोज रात कि बातों मे हम उसके कुछ और बन ही गये। आप लोग तो जानते ही होंगे न ये साला रात होती ही ऐसी चीज है।

उसके बाद तो हम शहंशाह थे अऊर कुछों नहीं चाहिए था जीवन मां। हम कलेक्टर बन भी जाते तो का जीवन में एतना खुशी होता?...नहीं होता। हम खुश थे, रिचा खुश थी, बापू खुश था और अम्मा खुश थी। हमने रिचा कि बात बापू और अम्मा से छुपा रखी थी। रिचा थोड़ा मोर्डेन और खुले विचारों कि थी और हमको पता था कि हमरे माँ-बाउ जी ये सब हजम नहीं कर पाएंगे। हमने सब कि खुशी कि खातिर ये बात अपने पेट में ही रहने दी, के समय आने पर देखा जाएगा।

इधर हमरा प्रेम प्रसंग पूरे उफान पर था। हम दोनों रात भर फोन पे ही प्रेम मे इतना डूबे रहते के रोज दफ्तर पहुँचने मे देरी हो जाती। फिर तभी रिचा कि नौकरी भी गुड़गाँव पहुँच गयी और हम तो पहले से ही वहाँ के लिए अप एंड डाउन करते थे। हम दोनों मे मिलकर गुड़गाँव में ही रहने का फैसला किया और एक नयी बिल्डिंग जिसमें अभी बहुत ज्यादा लोग नहीं रहते थे, उसके पेंटहाउस में अपना घरौंदा बनाने का फैसला किया। हम दोनों ने पूरे महीने तक उस फ्लैट को सजाने के लिए शापिंग कि उस फ्लैट को सजाने के चक्करमां ससुर हमरी सगली सेविंग निपट ली लेकिन जब रिचा ने उस फ्लैट को सजा-धजा के तैयार की तो....ये राजा देखन लायक व्यवस्था बनी रही। अब हम आप लोगन का का बताइस के हमको उन दिनों कैसा लगता रहा होगा। एक ठो बड़का राजा माफिक, नहीं किसी डॉन के माफिक! नहीं नहीं एक दम किसी फिल्मस्टार के

माफिक... हम एक आलिसान घर के मालिक है(हाँ-हाँ ऊ हमरा नहीं किराये का रहा) और ये जबरा खूबसूरत हीरोइन हमरी प्रेमिका, लिव इन में हमरे साथ, हमरे आस-पास हमरी बाहों में...हाय....हाय...रे। कोई इतने आनंद मे रह सकता है ये हमको रिचा के साथ ही उस घर में महसूस हुआ था।

अब हम लोगन के न दिन थे और न रात हम बस डूबे रहते एक दूसरे में। हमको नहीं मतबल था दुनिया जहान से। मस्तराम मस्ती में और आग लगे बस्ती में। मतलब आप समझ रहे हैं क्या गज़ब फीलिंग आती रही जब बाल्कनी में हम आधी रात में लकड़ी जलाए, एक कंबल में बिना कोई कपड़ा पहने साँप जइसे एक दूजे से लिपटे पड़े हों।

हम दोनों का हर दिन एक पार्टी के माफिक रहता। रात को हमरा हाल डिस्को में बदल जाता था। उसको क्या था न कि जैज़ और रॉक म्यूजिक बहुतही पसंद था, एक दम घनघोर टाइप वाला। हम रात को नए नए तरह के ड्रिंक्स बनाते थे।

हाँ..हाँ बता रहा हूँ हर तरह के कॉक्टेल और एक से एक ऊंट-पटांग नाम वाले ऐसे भी कोई ड्रिंक होता है भला ब्लडी मेरी, वर्जिन मेरी, स्क्रू ड्राईवर, मोजिटो। उस समय तक हमारा एक्सपोजर बस बीयर तक ही था, व्हिस्की भी हमने एक दो बार ही पी थी। लेकिन फिर तो हमने सब तरह का ब्रांड ट्राइ कर डाला था। ऐसा नहीं है की बस यही सब चलता रेहता था हम बस पीते ही रहते थे। रिचा को तो चाय का भी बहुत ज्यादे वाले शौक था। सुबह-सुबह हम ही उठ कर उसको बेड टी पिलाते थे। लेकिन वो एक से एक बढ़िया फलेवर वाली चाय बनाना जानती थी तुलसी चाय, अदरक चाय, केसर चाय, गरम मसाला चाय, तंदूरी चाय और इसके अलावा भी और बहुत सारे फलेवर जिनके अभी हमको नाम याद

नहीं आ रहे हैं लेकिन सबसे इस्पेसल चाय थी अंग्रेजी मरिजुयाना टी (हाँ इसको हिन्दी गाँजा मार के चाय कह सकते हैं)। इसकी जो एक प्याली पी लो भैया तो दुई-तीन घंटा का मदमस्त जुगाड़ हो जाता था। चाय पीकर भी भला कोई उड़ सकता है ये हमको तब जाकर पता चला। हमको तो लगता था कि हमरा अब तक का जीवन बहुतई व्यर्थ निकल गया। शुरू में हमसे रिचा जैसा चाय नहीं बनता था, लेकिन बाद में हम भी लगभग हरेक तरह की चाय बना लेते थे और असल में इस चाय के चक्कर हम लोग अपना नौकरी छोड़ के स्टार्ट अप शुरू करने का प्लान भी बना लिए थे बस कुछ महीनों में ही हम सब छोड़-छाड़ कर 4-5 टी रेस्टुरेंट खोलने वाले थे।

सब ठीक चल रहा था, सब ठीक...लेकिन ई साली दुनिया है न बहुत ही कुत्ती चीज है। पिछले साल जो सेल्सपर्सन ऑफ द इयर था अक्सर काम सही न होने के कारण दफ्तर में अपनी झाम उतरवाता रहता। मतलब सालों को कोई कदर ही नहीं इस बात कि के जो आदमी तुमको पिछले ही साल करोड़ों का बिज़नस लाके दिया था उसी को पेले पड़े हो। अरे थोड़ा तो रेस्पेक्ट दो उस आदमी को। थोड़ा तो समय दो यार। दुनिया वालों अब हम थोड़ा फॅमिली वाला आदमी हूँ अब पहले जइसे कूकूर-बिलाब कि तरह दिन और रात नौकरी पे तो नहीं पीले रह सकते न। खर्चा साला बहुत बढ़ गया था तो उधर घर पे पैसा भेजने में कटौती होने लगी थी। कटौती क्या सही बताये तो हम दुई महीना से पइसवा भेजे ही नहीं थे और घर पर बात भी ज्यादा नहीं कर पाते थे। तो घर वाले भी थोड़ा चिंतित थे। अम्मा-बाउजी बहुत दिनों से हमरे पास घूमने आने का बोल रहे थे और हम थे की टाले ही जा रहे थे। आदमी को साला जब सब टेंशन लगने लगता है तो किसी चीज मे रंग नज़र नहीं आता है। अब

बात-बात पर गुस्सा आने लगा था हमको भी और ऋचा को भी। अक्सर झगड़ा हो जया करता था हमरा। लेकिन हम ऊसे इतना प्रेम करते थे के रह ही नहीं पाते थे, और कोई न कोई जतन करके उसको मना लेते और फिर हम लोग एक दूसरे में गुत्थम-गुत्था हो जाते।

फिर एक रोज अम्मा-बाउजी ने आने का धक ही पकड़ लिया, तभी रिचा को भी अपने काम के सिलसिले में बंगलुरु जाना था। वैसे तो हम उसको कभी अकेले नहीं जाने देते लेकिन हमने भी सोचा की एक ही बार में दोनों काज हो जायेंगे। इधर भारी मन से हमने रिचा को विदा किया और इधर अम्मा-बाउजी को स्टेशन से घर ले आये। उनके आने से पहले हमने पूरी घर की साफ़-सफाई करके उनके हिसाब की गैर जरुरी चीजों को ठिकाने लगा दिया था। अम्मा तो बहुतई खुश हुयी और बाबु भी ख़ुशी से इतरा रहा था। कहने लगा लईका इतना तरक्की कर लिया है अब तो दहेज़ में अच्छा पैसवा फरिया जायेगा। ये शादी का बात सुनते ही न हमरा माथा पिराने लगता था। हम जैसे-तैसे ऊ दोनों को दो चार रोज झेले। उनको पूरा दिल्ली घुमाए दिए रहे। एक दिन शाम में जब अक्षरधाम से जब घूम कर लौटे तो हम कमरे में जाकर बैठे और रिचा को फ़ोन लगाए लेकिन दुई दिन से उसका फोनवा लग ही नहीं रहा था। गुस्से में आकर हमने आधी बोतल कमरे में बैठ कर खाली कर दी। अम्मा हमको खाने के लिए बुलाई लेकिन हमसे न उठा गया। उसी रात जब हम बेहोश अपने कमरे में पड़े थे तो अम्मा हमाये घर की तलाशी लेने पे जुटी पड़ी थी।

ऊ का हैं न ई लईकी लोग न केतना लापरवाह होता है का कहा जाए। अम्मा को उनके बिस्तरे के नीचे से रिचा का ब्रा-पेंटी मिल गया और उके बाद तो बुढ़िया का न ऐसा दिमाग सनका के ऊ पूरा घर खंखोर डाली। उसको शंका हो गया था कि हमारे साथ जरूर कौनो लड़की रहती है।

फिर तो सबेरे तक उसने इतना सामान निकाल कर बाहर रख दिया कि हम चाह कर भी मिटटी नहीं डाल सकते थे। फिर अम्मा-बाबू दहाड़े मार के रोये के लईका हाथ से निकल गया बिना बताये बियाह कर लिया है। कैसे-कैसे हमको बचाए थे के पकड़ऊया बियाह न होने पाए हमरा लेकिन हम खुद ही किसी के जाल में फरा गये।

अब हम उनको का समझाते। हमने नौटंकी चलने दिया अगली सुबह तक थक हार कर वो स्टेशन छोड़ने का जिद करने लगे, हमारा भी मुण्डा सटका हुआ था तो हमने भी उनकी जिद पूरी कर ही डाली। उनको रोते जाते हुए देखकर अच्छा नहीं लग रहा था इसलिए हम उनको जाते-जाते समझाए के जैसा वो समझ रहे हैं ऐसा-वैसा कुछ नहीं है। ज्यादा हौ-हल्ला मचाने का जरुरत नहीं है। हम हैं न सब ठीक कर देंगे। हमरी अम्मा बोली के *ऊ जोनो डायिन है हमको मतबर नहीं उससे, बस तु उका छोड देब।* हम कुछो नहीं बोले।

फिर मालम है का भया बिल्डिंग की लिफ्ट से उतरते ही अम्मा को सामने एक ठो नीलकंठ बैठा दिख गया। बचपन में अम्मा जगह जगह उसको ढूँढा-फिरा करती थी और जब बड़ी मुश्किल से मिलता तो उखर सामने हाथ बाँध के बुदबुदाती *'नीलकंठ तुम नीले रहियों, दूध भात का भोजन कारियों हमरी बात राम से कहियों'* लेकिन ऊ कभी अम्मा की बात राम से जाकर कहता नहीं था। लेकिन उस रोज हमको ऐसा लगा कि ऊ अम्मा की बात बड़े गौर से सुनकर राम के पास उड़ गया। हमको मालूम था की अम्मा उससे कौन बात कही होंगी।

उनको छोड़ कर आने के बाद हमरा मूड बह्तई ख़राब हो रहा था और रिचा का भी फ़ोनवा नहीं लग रहा था। इसलिए हम एक ठो बार में जाकर

बैठ गये। और वहाँ बैठ कर हम खूब पिए, हमरी नौकरी सही नहीं चल रही थी, कभी भी हमको लात मारके निकाला जा सकता था, हमरी सेविंग सब ख़तम थी, हमरी प्रेम कहानी की नैया भी डान्बा डौल थी, और हमरे माँ-बाउजी का चप्टर अलगई चालू था, हमरे जी में आ रहा था कि दहाड़ मार कर रो लें। हमरी सामने वाली टेबल पर एक अजीब सा आदमी बैठा था। वो हमसे बतियाने लगा लेकिन हमको कोई इंटरेस्ट नहीं आ रहा था। वो का नाम बताया रहा अपना...बि..बिच्छू नहीं..नहीं...बिच्छी। हाँ तो बिच्छी महाराज हमको कुछ-कुछ ज्ञान दिए रहे। *नाज़ुक समय, बीत जायेगा, संभल, हिम्मत* ऐसा ही कुछ-कुछ था, हमको पूरा बात घंटा नहीं पल्ले पड़ा। हमको कुछो याद नहीं रहा कि ऊ दिन वो का बोले रहे और हम न जाने कैसे घर पहुंचे होश नहीं था।

बाद के दिन हम बहुत खुश थे। रिचा वापस आने वाली थी न। हम सब काम उसकी पसंद का किये। उसकी पसंद का खाना बनाये, उसकी पसंदीदा मरिज़ुअना टी भी बनाये। उसको आने में थोड़ा देर हो गया था इसलिए दुई-तीन ठो प्याली तो हम खुदही पेल दिए। जब वो आई तो हमरा फ्लैट वोही उसी खुबसूरत खुशबू से भकभका उठा। हमको जैसे उससे कोई शिकवा, कोई शिकायत, कोई नाराजगी नहीं थी। हम दोनों जैसे जनम जन्म के प्यासे थे। हम एक-दूसरे से ऐसे चिपके जैसे जौंक। ऊ दिन हमने उसको ढेढ़-दुई घंटे तक प्यार किया। जब हमारी रास लीला ख़तम हुयी तो हमने उसको उसका पसंदीदा मटन रोगनजोश टेबल पर लगा दिया। वो हमसे पिछले दिनों का जायजा लेने लगी। हम उसको चिल्लाए के कैसे तुम अपने कपड़े यहाँ-वहां फेंक देती हो जिसकी वजह से हमरे घर में इतना रंडीरोना सियापा हो गया। लेकिन वो हमको उल्टा ही चिल्लाने लगी की हमही हैं जो उसके कपड़े उतारने के बाद सही से नहीं

रखते हैं और उसके कपड़े भी मैंने ही गद्दे के नीचे घुसाए थे। उसके ऐसे चिल्लाने से हमको बुरा तो लगा लेकिन हम चुप रहे। उसे हमारा बनाया हुआ खाना भी पसंद नहीं आया, उसने खाना फेंक दिया और पूरे घर में थू-थू करती फिरने लगी। हमने तब भी कुछ नहीं किया।

फिर उसका फ़ोन बजा किसी मादरजात लौंडे का न० था हमको हमेशा से ही उसके फ़ोन पर किसी लौंडे का फ़ोन देख कर गुस्सा आता था लेकिन हम बस चुप रहे जाते थे। हमको मालूम था के ऊ हमको दिलों जान से मोहब्बत करती है लेकिन फिर भी साला दिमाग तो दिमाग ही हैं न। साला कहाँ बूझ पाता है। हमें गुस्सा आया हमने कुछ कहा उसने भी कुछ कहा। फिर जब वो फ़ोन से बहुत देर तक बात करती रही तो हमें और गुस्सा आया। हम दो ठो चाय की प्याली पिए हुए थे तो हमको ऐसा लग रहा था जैसे वो कि वो घंटों से उस लड़के से बात कर रही है जबकि उसे शायद 4-5 मिनट हुआ होगा हमने उसका फ़ोन छीन कर फेंक दिया। उसने हमें एक भद्दी सी गाली दी। और हमने गुस्से में उसको एक धक्का दिया जिससे वो नीचे गिर गयी। उसकी एक चीख निकली और बस उसके बाद ख़ामोश हो गयी। हमने उसको उठाने का बहुत कोशिश किया लेकिन वो नहीं उठ पा रही थी। उसका फ़ोन अभी भी चालू था और उधर जो फ़ोन पर लईका था वो पुलिस को लेकर हमारे घर पहुँच गया। हमको थाने ले जाया गया और उसको हॉस्पिटल। अब क्या बताये पुलिस हमको कितना परेशान करी। हमको लगता था कि यूपी पुलिस ही हरामी है लेकिन साला हरियाना पुलिस तो परम हरामी है। बहुत परेशान करने के बाद पुलिस ने हमको छोड़ा।

बड़े दिनों बाद जब हम घर आये तो हम रिचा से गले लग कर बहुत रोये। उसने हमसे कुछ नहीं कहा, वो हमको इतना प्यार करती थी कि उसने

हमको माफ कर दिया था। उस दिन के बाद से हम उसका बहुत ख्याल रखने लगे थे, लेकिन वो कुछ ज्यादा बातें हमसे नहीं करती थी। अक्सर बस चुप ही रहती थी। हमारे बनाये हुए खाने को, चाय को अक्सर वो छूती भी नहीं थी सब ऐसे ही रखा रह जाता था। हम भी उसको ज्यादा परेशान नहीं करते थे। हमारा अपना अलग ही गिल्ट था। हम उसका खूबी सेवा किये के आखिर एक दिन सब हल्का और नार्मल हो जायेगा लेकिन ऐसा कुछु नहीं हुआ। वो हमसे बात नहीं करती ठीक था लेकिन फिर वो कई-कई दिनों तक घर से गायब रहती रही और फिर अचानक से एक दिन आ जाती। हमसे उसका ये चरित्तर बर्दास्त नहीं होता था लेकिन फिर भी प्रेम की खातिर हम सब करते रहे। फिर धीरे-धीरे हमरा माथा ख़राब होने लगा हमको फिर से गुस्सा उबलने लगा था।

फिर एक रोज इतवार के दिन हमने उसको खुश करने की पूरी तैयारी करी। उसकी पसंदीदा चाय, उसका पसंदीदा खाना बनाया, उसका फेवरेट म्यूजिक लगाया और उतने ही प्रेम सो उसको उठाया भी। उसका मूड भी बढ़िया लग रहा था। वो खुश थी, हम भी फिर से खुश थे। हमने उसको अपने हाथों से स्पेशल चाय पिलाई फिर हम लोगों ने बहुत देर तक लव मेकिंग किया। एक दम जन्नत वाला फीलिंग हमको आ रहा था। फिर देर शाम गए जब हमने उसको अपने हाथों से उसका फेवरेट खाना खिलाया तो वो खाने के बाद गुस्साने लगी और बोलने लगी के हमने कितना बाहियात और घटिया खाना बनाया है। हम तीन प्याली स्पेशल चाय डाउन थे उखर बाद हमने दो-चार पेग और उतार लिए थे। हमको बहुत गुस्सा आ रहा था। और हमको समझ आ गया के खाना तो इतना बढ़िया है फिर से इतना ड्रामा क्यूँ चल रहा है। हमको समझते देर न लगी के ये खाने के लिए नहीं बल्कि उलटी को छुपाने के लिए इतना ड्रामा हो रहा

है। हम समझ गए थे के उलटी काहे हो रही है। हमने जब उससे पूछा के तुम प्रेग्नेंट हो का? तो वो जोर-जोर से चिल्लाने लगी के हाँ-हाँ हमरी गलती के चक्कर में वो प्रेग्नेंट हुयी है।

हमको सारा मेटर समझ आ गया था, किसी और का पाप हमरे सर मढ़ा जा रहा था। अम्मा सही कह रही थी के इस डायीन को छोड दे, ये हमको लील जायेगी। हमने साफ़ कह दिया के ये बच्चा हमरा नहीं है तो उस कुतिया ने हमरा गला पकड़ लिया। हमने गुस्से में उसको जोर का एक धक्का मारा और उसके बाद वो फर्श पर नीचे पड़ी थी। उसके सर से खून बह रहा था और हम चाह कर भी कुछ नहीं कर पा रहे थे। हम बस रो रहे थे। हम पिछली बार का कांड नहीं दोहराना चाह रहे थे। हमने फ़ोन लगाया लेकिन फ़ोन में नेटवर्क नहीं था। हम उसको गोद में उठाकर बाहर लेकर गए ताकि हॉस्पिटल लेके जा सके लेकिन लिफ्ट ख़राब थी हम रोते हुए उसको गोद में उठाये सीढ़ियों से नीचे की तरफ दौड़ने लगे लेकिन अचानक से हमरा पांव फिसला और हम.....

***

एक बिल्डिंग के नीचे एक डेड बॉडी को एम्बुलेंस में डाला जा रहा था। लोग बातें कर रहे थे के बेचारा मर गया...पिछले 5-6 महीने से पागल हो गया था। जबसे इसकी गर्लफ्रेंड घर में फिसलने से मर गयी थी। पुलिस का कहना था कि इसी ने अपनी प्रेमिका का मर्डर किया था। जेल में रहते हुए ही पागल हो गया था। सबूतों की कमी और दिमागी हालत के चलते जमानत पर बाहर निकला था। इतने दिनों से बिल्डिंग में अकेले और बड़े ही अजीब तरीके से रहता था। अकेले ही बालकनी में बैठा हँसता रहता था जैसे किसी से बात कर रहा हो। कल न जाने क्या हुआ सुबह के टाइम

सीढियों पर पड़ा मिला था। चलो मर गया तो मुक्ति मिली पागलपन से। घरवालों को खबर दे दी है, आते ही होंगे बेचारे।

वो कहते हैं न प्रेम में इंसान बरबाद हो जाता है, यूँही नहीं कहते। वो पेंटहाउस तब से खाली खाली है। और कोई भी उसमें जाने की हिम्मत नहीं करता। सुना है उसमें दो-दो प्रेत आत्माएं रहती है और रोज शाम को दो साये बालकनी में बैठ कर सुड़क-सुड़क कर चाय पीते हैं और जोर-जोर से हँसते हैं।

भूख किसी किस्म की भी हो, खतरनाक है।

-Manto

7

डैनी की दुकान

ये सरकारी स्कूल ठीक वैसा ही था, जैसे कि 21वीं सदी के शुरुआत में हुआ करते थे। उस स्कूल के बाहर एकलौती छोटी सी दुकान थी, जहां लड़के कोल्डड्रिंक, पेटीज और न जाने क्या अल्लम-गल्लम खाया करते थे। बिक्री ठीक ठाक ही थी मगर दुकान के मालिक डैनी को और व्यापार बढ़ाना था। उन दिनों विडियो गेम का बहुत बोल बाला था तो डैनी अपनी दुकान में वीडियो गेम भी खिलाना शुरू कर दिया। पढ़ने लिखने वाले लड़के भी धीरे-धीरे क्लास बंक करके दिन भर उसमें उलझे रहते। ऐसे लड़कों की तादात बढ़ती जा रही थी और साथ ही साथ डैनी का धंधा भी। गेम खेलने वाले लड़कों कि तादात के साथ उनके खेलने का टाइम भी बढ़ता जा रहा था।

लेकिन सरकारी स्कूल में पढ़ने वाले लड़कों के पास पैसों कि हमेशा से किल्लत रहती थी। जेब खर्च के नाम पर उनके पास अठन्नी या एक रुपए से ज्यादा कुछ होता ही कहाँ था। गेम खेलने के बाद लड़कों के पास डैनी को देने के लिए अक्सर पैसे ही नहीं होते थे, नतीजन लड़कों पर डैनी की उधारी भी दिन पर दिन बढती जा रही थी। डैनी जानबूझकर की सूदखोर लाला की तरह लड़कों को अपने चंगुल में उलझाए रखने के लिए उनको

उधार बढ़ाने का बढ़ावा दिया करता था। आखिर लड़के ही तो थे भाग कर जाते कहाँ? और डैनी से उलझ कर जीतना उनके बस की बात नहीं थी। डैनी अपने काम की संजीदगी को देखते हुये स्कूल के कुछ हरामी किस्म के लड़कों को पाल कर रखता ताकि जरूरत पड़ने पर वो उसके लिए मार-पिटाई कर सकें।

धीरे-धीरे करके लड़कों पर कर्जा बढ्ने लगा। डैनी लड़कों पर अपना बढ़ता हुआ उधार देख अक्सर खुश होता था। जब पैसा बहुत ज्यादा हो जाता तो उन्हीं पैसों को वसूलने के लिए नए नए हथकंडे भी अपनाता रहता। पैसा वसूलने के लिए जब डैनी लड़कों को बहुत परेशान कर देता तो लड़कों की ये मजबूरी बनने लग जाती कि वो वो पैसा चुकाने के लिए यहां वहां से हाथ साफ करें और जब कभी किसी के हाथ अच्छा माल लग जाता तो डैनी की दुकान में ही बैठ कर वो बीयर पीते।

फिर डैनी को कुछ और समझ आया और उसने अपनी दुकान में कोल्ड ड्रिंक की बजाय बीयर-व्हिस्की ही रखना शुरू कर दिया। दिन भर लड़के पीते रहते और दिन भर डैनी भी पीता रहता। बहुत जल्दी ही शराब और कच्ची उम्र ने अपने तेवर दिखाने शुरू कर दिये। वो टीवी जिस पर लड़के मारीयो खेलते थे, उस पर सट्टा खेला जाने लगा। टीवी देखते-देखते डैनी की आंखें पत्थर की बनने लगी फिर उसके हाथ पत्थर के हुए और फिर पूरा शरीर ही पत्थर बन गया जिसमें कोई भावना बाकी नहीं रही थी।

वो बार बार बड़ी उम्मीदों से अपना गल्ला खोलता, पैसों को देखता, खुश होता और फिर बिना किसी भावना के उसे बंद कर दिया करता। जब शराब का नशा मंहगा पढ़ने लगा तो लड़के गांजा-चिलम फूंकने लगे और डैनी भी गांजा फूंक के डॉलर भर का भोकाल लिए बैठा रहता। वो जब भी गांजा फूंकता तो पत्तियां उसके पत्थर के शरीर को जला कर रेत

का बना देती। वो कभी कभी देखता की लड़के दारू-सिगरेट गांजा पीकर राख बन कर वहीं झड़ कर ढेर बन जाते। ये सब देखकर वो अपनी लाल आंखों से जोर का ठहाका लगाया करता।

फिर एक रोज जब वो अपनी कुर्सी पर बैठा तो उसने देखा कि मारियो चिलम पीकर पाताल चला गया है अब वो कभी नहीं लौटेगा। उसने भी गुस्से से चिलम सुलगायी और उसकी पत्थर की उंगलियों से आग निकलने लगी जो आंखों तक पहुंच गई। हर एक कश के साथ आँखों की चिंगारियाँ बढ़ती जाती। तेज आगे के डोरे उसकी आँखों में तैरने लगे थे। उसने एक नज़र उठाकर वीडियो गेम पर डाली और वो जल कर राख हो गया। डैनी ये देखकर चौंक गया। उसने उस अलमारी को खोला जहां वो शराब रखता था। वो भी डैनी की आँखों के सामने आते ही लावा की तरह पिघल कर कमरे में जहां तहां फैल गयी। डैनी ने देखा वो लावा उसके पैरों से होकर उसके बदन पर चढ़ने लगा मगर उसे कोई फर्क न पड़ा। वो अब भी दानवी हंसी हंस रहा था।

वो जिधर देखता वही आग लगती और सिर्फ राख ही राख नज़र आती। वो अब भस्मासुर बन चुका था उसे इस बात की बहुत खुशी थी कि वो जो चाहे जला कर राख़ कर सकता है। एक लड़के को कल उसने बुरी तरह मारा था क्योंकि वो उसका उधार नही चुका रहा था आज वोही लड़का किसी को चाकू मारकर पैसे छीन लाया था; डैनी का हिसाब चुकता करने। डैनी ने लड़के की तरफ देखा उसके हाथ खून से सने थे, उसकी आँखों ने एक ठहाका लगाया, उसने एक और लम्बा कश खींचा और पैसे ले लिए लड़का उसे घूर रहा था। डैनी ने पैसे रखने के लिए अपना गल्ला खोला, नोटों से भरा हुआ गल्ला, उसने पैसे रखे और

गल्ले पर एक नज़र डाली। गल्ला धूं-धूं कर दहकने लगा। डैनी के बदन पे लिपटे लावे में हरकत हुई उसे कुछ महसूस हुआ उसने लड़के की तरफ देखा वो लड़का भी जल रहा था, डैनी ने खुद को आईने में देखा, डैनी भी जल रहा था और जल जल कर पिघल रहा था।

उस लड़के का पीछा करते हुये पुलिस डैनी कि दुकान तक पहुँच गयी थी। उसने लड़के को हिरासत में ले लिया। डैनी के गल्ले और दुकान में रखी हुयी शराब-गाँजा और सट्टा खिलाने वाली हर एक चीज को गिरफ्त में लेकर दुकान को सीज कर लिया। जब पुलिस डैनी को घसीट कर गाड़ी में डाल रही थी, तब भी नशे में चूर डैनी भस्मासुर कि हंसी-हंस रहा था। उसके मन को झूठा दिलासा था कि वो सबको भस्मासुर कि तरह जला कर राख़ कर देगा। उस लड़के ने डैनी को पैसा देकर अपना हिसाब तो चुकता कर ही दिया था आज डैनी का हिसाब भी चुकता हो गया था।

For a man to conquer himself is the first and noblest of all victories.

किसी व्यक्ति के लिए स्वयं पर विजय पाना सभी जीतों में सबसे पहली और महान है।

-प्लेटो

8

झगड़ा

कुछ झगड़े मामूली नहीं होते। वो झगड़ा भी मामूली नहीं था। यूँ तो उनमें अक्सर ही झगड़ा होता था और न जाने किन किन फालतू बातों पर होता था। लड़ने के नहीं कोई बहुत बड़े मुद्दा थोड़े ही न चाहिए होते थे, बस कोई भी ऐरी-गैरी बात, बतंगड़ बनाने के लिए काफी थी। ऐसा नहीं था कि ये झगड़े नए शुरू हुए थे। जब से वो प्यार में पड़े थे तब से ही ये नोक-झोक चालू थी। शादी के लिए कितने जतन किये थे, कितनी मुश्किलों से घरवालों को दोनों ने राज़ी किया था, जैसे एक जिद थी अपना मनवाने की लेकिन अब दोनों ही उस जिद पर अफ़सोस करते थे। शादी के साल-छः महीने तक झगड़े का होश ही नहीं था। बस दो सोंधे बदन एक दूसरे के साथ महकते रहते थे। अगर कोई नोक-झोंक होती भी थी तो दोनों एक दूसरे को मनाने के जतन करते। फिर जब धीरे-धीरे महक कम होने लगी तो दोनों में एक तनाव सा पैदा होने लगा फिर वो तनाव धीरे-धीरे फावड़े और कुदाल में बदल गया जिन्होंने मिलकर 3 साल में दोनों के बीच एक खायी बना दी थी। अब रूठने पर मनाना गैर जरुरी लगने लगा। आखिर उन दोनों का अपना भी ईगो था न, मैं ही हर बार क्यूँ झुकूं ये जिद भी तो थी आखिर।

अब हर बात कटीली लगने लगी, तेज़ाब सी कानों में पड़ने लगी। अब एक दूसरे को बर्दास्स्त करना मुश्किल था। अब जाएँ तो जाएँ कहाँ? सबसे लड़कर, घरवालों के खिलाफ जाकर ये शादी की थी। किसको दोष देते सिवाय अपने भाग्य के। पत्नी को शिकायत थी पति के पास फुर्सत नहीं है उससे बात करने की, उसे समझने की, उसे प्यार करने की। जैसे वो पहले उसे प्यार करता था, पेम्पर करता था वो अब नहीं करता था। अब शायद पति को उससे प्यार ही नहीं था। वो शायद उससे ऊब चुका था। पति को शिकायत थी कि उसकी पत्नी अजब मूर्ख है न किसी परिस्थिति को समझती है और न उसको। बात बस इतनी ही थी और दोनों बातों की अपनी वजहें भी थी। पति जिंदगी से परेशान था, काम से डिस्टर्ब रहता था, बॉस से डरा रहता था। सड़कों पर सुकून नहीं था बस एक चिल्ल-पों थी भागदौड़ थी। पति के ऊपर जिम्मेदारियों का बोझ था और हर महीने की ईएमआई थी जो महीना शुरू होते ही जैसे उसके बदन का कोई हिस्सा काट कर ले जाती। पत्नी के पास अपने अलग मुद्दे थे। घर का अकेलापन बहुत उबाऊ होता है और उस ऊब को मोबाइल-टीवी इन्टरनेट ये सब भर नहीं पाते थे। रोज एक जैसी जिंदगी खाना बनाओं, घर का ख्याल रखो वो भी बिना पति के प्यार और दुलार के। पहले कि औरतें करती होंगी शायद उन्हें अपनी चेतना, अपनी आजादी का भान नहीं था लेकिन अब आज की औरत के लिए ये सब करना बहुत मुश्किल था। फ्लैट को घर बनाने की आस में उसको तो साजो सामान से भर दिया था लेकिन उन दोनों के अन्दर खुद एक खालीपन घर कर गया था। अब दोनों किसी अजनबी की तरह उस फ्लैट में रहते थे जो शायद कभी घर नहीं बन पाया था।

उस रोज भी कुछ वैसा ही झगड़ा हुआ था, दोनों को याद नहीं कि किस बात पर झगड़ा हुआ था। छुट्टी का दिन था दोपहर से ही एक मनहूसियत घर में आकर पैर पसारे लेटी थी। घर का कुछ सामान भी टूटा-फूटा बिखरा पड़ा था। उस सामान में वो फोटो फ्रेम भी था जिसमें दोनों की तस्वीर लगी हुयी थी।

दोनों अलग अलग कमरों में पड़े हुए थे। पत्नी छत पर लटकते हुए पंखे को देख सुबक रही थी। पति दूसरी तरफ पड़ा हुआ शराब पी रहा था जैसे उसे पीने के बाद जो उनकी जिंदगी में जो हो रहा है वो उस सब ठीक हो जाएगा। पत्नी के मन में आया कि वो पंखे से लटक जाए लेकिन ऐसा करने से तो बगल में बैठा हुआ पति आ जायेगा और उसे बचा लेगा, फिर शायद झगड़ा और भी बढ़ जाए। उसने पति की शेविंग किट से ब्लेड निकाला और अपनी कलाई पर घुमा कर देखा अगर वो उसे अपनी नस पर फिरा देती तो शायद कोई तेज सिसकी निकल जाती और पति सुनकर दौड़ा हुआ आ जाता। उसके पति को उसका रोना कतई पसंद नहीं था। पति का ख्याल कर उसने वो इरादा भी छोड़ दिया तभी उसे दूसरे आसान रास्ते का ख्याल आया। किचन में जाकर उसने वो डब्बी खोजी जो उसने अनाज को कीड़ों से बचाने के लिए मंगवाई थी। आज वो अपने पति की सारी तकलीफ ही ख़तम कर देगी उसने दो गोलियां निकाली और पानी के साथ निगल ली। दूसरे कमरे में आखिरी बार अपने शौहर को झाँक कर देखा। उसके सामने आधा भरा हुआ गिलास रखा था और वो खुद आँखें मूंदे हुए कुर्सी पर सर टिकाये हुआ था। उसने प्यार से अपने पति को अलविदा कहा और मन ही मन उसे दिलासा दिलाया कि आज से तुम्हारी सब मुसीबतें ख़तम हो जायेंगी, अब तुम चैन से रहना। इतना कहकर वो जाकर कमरे में आराम से लेट गयी।

पति ने अपना गिलास उठाया और खाली कर दिया मगर अभी भी वो होश में था। वो इतना पीना चाहता था कि इस सब को भूल जाए। गुस्से में जो तोड़-फोड़ की उसको भी, पत्नी को जो गालियां दी उसको भी और जो झगड़े को यहाँ तक बढाया उसको भी और अपनी सभी परेशानियों को भी। वो उठा ओर किचेन से पानी लेने गया। खाना वैसा ही पड़ा था किसी ने आज खाना नहीं खाया था। फ्रिज पर उसने सल्फास की गोलियां देखीं। उसे लगा कि जैसे किसी ने उसी के लिए लाकर रखी हों कि ले खा और मर जा। एक पल का उन्माद उस पर भी असर कर गया। उसने दो गोलियां निकाली और शराब के साथ गटक लीं। अब आज के बाद वो नहीं रहेगा तो पत्नी आराम से रहेगी चाहे तो दूसरी शादी भी कर सकती है। बाद उसके मरने के उसका सब कुछ पत्नी का हो ही जायेगा और EMI का टंटा भी ख़तम हो जायेगा। आखिरी बार पत्नी को अलविदा कहने वो कमरे में गया देखा वो आराम से सो रही है उसने उसे आखिरी बार चूमना चाहा लेकिन कहीं वो जाग न जाए इस डर से वो ख्याल दिल से निकाल दिया और जाकर लेट गया।

***

एक बड़ा सा दरवाजा था जो बंद था, उसके गेट पर एक रोबदार आदमी जिसका नाम बिच्छी था एक रजिस्टर खोले कुछ ढूंढ रहा था। पति-पत्नी दोनों उसके सामने थे। पति-पत्नी अपनी मौत से वाकिफ थे लेकिन दूसरे की खामोश मौत से नहीं इसलिए तुम यहाँ कैसे? वाले अचम्भे ने एक दूसरे को देख रहे थे। अब दोनों को समझ आया की वो एक दूसरे को कितना प्यार करते थे तभी तो दोनों ने एक-दूसरे की खातिर जान दे दी। लेकिन अब समय रेत सा फिसल गया था। समय का काँटा उल्टा नहीं जा सकता है जो हो चुका सो हो चुका। अब दोनों के पास जीवन भर नरक

की आग में जलने के सिवाय कोई रास्ता न था। उन्होंने एक दूसरे को छूने की कोशिश की लेकिन कामयाब नहीं रहे। वो दोनों एक दूसरे के गले लगकर रोना चाहते थे, अपने सारे झगड़ें सुलझा कर; फिर से अपनी जिंदगी जीना चाहते थे लेकिन अब कुछ भी मुमकिन नहीं था। वो बस खड़े खड़े एक दूसरे का प्यार महसूस करके रो रहे थे।

तभी रोबदार आदमी ने गठीली आवाज में गरज कर कहा, "तुम दोनों के आने में तो वक़्त था। इतनी जल्दी क्यूँ नरक में सड़ने आ गये तुम लोग" पति-पत्नी ने अपनी उदास कहानी बिच्छी को सुनाई लेकिन उसका दिल नहीं पसीजा। दोनों ने उससे वापस जाने की इजाजत मांगी। लेकिन उन दोंनो की बात मान वो मुश्किल में पड़ सकता था। ये नियमों के खिलाफ था। कभी आदम और हव्वा ने ईश्वर से, उन्हें जन्नत से ना निकालने की गुजारिश की थी और आज ये आदमी और हव्वा उससे, नरक से बाहर निकाल देने की गुजारिश कर रहे थे ताकि एक बार फिर से वो अपने बनाये हुए नरक में जाकर जल सकें-सड़ सकें। किसी भी तरीके से वो टस से मस न हुआ और उनको वापस जाने की इजाजत देते हुए बोला, "ठीक है मैं तुम दोनों को अपनी गलती सुधारने का मौका दे रहा हूँ। लेकिन मैं स्वयं भगवान् नहीं हूँ और तो फिर भगवान् भी नियमों में बंधे हुए है इसलिए मैं उन नियमों का पालन करते हुए तुम्हारी समस्या का निदान कर रहा हूँ। मैं तुम लोगों को एक पलक झपकने भर का समय देता हूँ जो कि धरती पर एक हफ्ते के समय बराबर है लेकिन नियमों के अनुसार तुम वापस उसी शरीर में नहीं जा सकते इसलिए मैं तुम दोनों के शरीर बदल रहा हूँ। जाओ और कुछ दिन और जी लो। लेकिन याद रहे उसी साधारण तरीके से तुमको जीना है जैसे की पुरानी रोजमर्रा जिंदगी हो। कुछ भी

आसाधारण करने की कोशिश की तो तत्काल वापस बुला लूँगा" इतना कहकर एक यमदूत ने दोनों को धक्का दे दिया।

***

जब दोनों की आँख खुली तो दोनों ने ख़ुशी से एक दूसरे को चूमा और दुलार किया। सुबह हो चुकी थी और उनके पास बस एक सप्ताह था। दोनों ने तय किया की ये 7 दिन उनकी जिंदगी के सबसे खूबसूरत दिन होंगे। पति जिसमे अब पत्नी की आत्मा थी वो ऑफिस के लिए तैयार होकर निकल पड़ा और पत्नी जिसमें अब पति की आत्मा थी वो घर को समेटने में।

दोनों ने बहुत कोशिश की वो रोजमर्रा की तरह जिंदगी जिए ताकि किसी को कोई शक न हो। पत्नी जो की अब पति था, का दिन सुबह से ही ख़राब होना शुरू हो गया था। ऑफिस के लिए जिस बस में चढ़ा उस बस में बेइंतिहा भीड़ थी लोगों के शरीर उसके बदन को पीसे दे रहे थे। किसी तरह से वो बस से उतरा, उसी बस से सफ़र करने की हिम्मत उसमें नहीं थी। उतर कर जब उसनें टैक्सी ली तो ख्याल आया कि इतनी मंहगी टैक्सी अगर वो रोज लेगा तो महीने के अंत तक क्या बचेगा। रस्ते में ट्रेफिक बहुत था तो ऑफिस देर से पहुंचा और पहुँचते ही बॉस की गालियों ने उसे नाकारा और निकम्मा घोषित कर दिया। किसी तरह दिन भर की चिक-चिक झेल कर वो घर जाने को उठा तो शरीर और दिमाग में घर जाने की ताकत नहीं बची थी। वो फिर से उसी भीड़ का सामना नहीं कर सकता था। वो पैदल ही घर के लिये निकला तो उसने अपनी पत्नी ने लिए पेस्ट्री ख़रीदी। जब चलते चलते शरीर जबाब देने लगा तो हारकर उसने बस में जाने की ही ठानी।

उधर पति जो की अब पत्नी के शरीर में था उसका भी दिन कोई खुशगवार नहीं गुजरा। घर समेटना बड़ा मुश्किल काम था और खाना बनाना उससे भी कहीं मुश्किल। किसी तरह से खाना बनाने के लिए गेस पर चढा कर खुद को संवारने की कोशिश की आखिर वो उसके पति की रोज की शिकायत थी की वो घर में अच्छे से नहीं रहती इसलिए वो खुद को सँवारने लगी लेकिन सँवारने के चक्कर में खाना जल गया नतीजन न खाना बन सका और न वो संज-संवर सकी। जब पति टूटी-बिखरी हालत में घर आया तो उसने पत्नी को मुंह लटकाए हुए पाया। खाना बना नहीं था सो दोनों ने वो पेस्ट्री खायी जो बस की भीड़ में तहस नहस हो चुकी थीं। बहरहाल जब दिन भर को पीछे छोड़ वो बिस्तर पर आये तो तकिये पर मुंह झुखाये एक दूसरे की आँखों में दिन भर की थकान को देख रहे थे। उन्हें एहसास हो रहा था कि रोज का रोज होना इतना आसान नहीं था, कितने गलत थे दोनों जो इतनी आसान सी बातों को न समझ पाए थे और ऐसा संगीन कदम उठा लिया जिसने उनकी जिंदगी को तहस-नहस कर दिया था।

पलक झपकने का समय उन्हें मिला था लेकिन जब वो दिन में एक दूसरे से दूर रहते तो वो समय आसमान से भी लम्बा लगता और जब साथ में तो वो समय वाकई पलक झपकने के समय बराबर ही लगता था। हर दिन दोनों रात में एक दूसरे को खूब प्यार करने का सोचते और हर रात एक दूसरे की बाहों में रोते हुए गुजार देते आज उनकी आखिरी रात थी। आज उन दोनों ने एक दूसरे को प्रेम किया लेकिन पत्नी में प्रेम करने का उल्लास नहीं था और पति में प्रेम करने की हिम्मत। मगर फिर भी वो रात उन दोनों के लिये उनके जीवन की सबसे खूबसूरत रातों में से एक थी। वो

एक दूसरे के प्रेम में डूबे हुए थे, पूरी तरह जैसे वो इस दिन के लिए ही बने हों।

आखिरकार वो दोनों एक दूसरे के साथ नरक में जिंदगी गुजारने के लिए आँखें मूंदे लेट गये। यमदूत दरवाजे पे दस्तक दे रहा था उन्हें ले जाने के लिए। वो अब बेफिक्र हो चुके थे, जाने के लिए तैयार। दोनों के हाथ एक दूसरे के हाथों में थे। और अपने किये पर उन्हें बेइंतिहा अफ़सोस था। वो दुनिया के हर पति-पत्नी को अपनी कहानी बताकर चेता देना चाहते थे, बता देना चाहते थे कि जो है उसमें जी लो। अपने आज को ख़राब न करो। एक दूसरे को समझो और बस प्रेम करो, नफरत और झगड़ा नहीं। बस एक पल का झगड़ा था, नासमझ झगड़ा। मगर हर झगड़ा मामूली नहीं होता वो झगड़ा भी मामूली नहीं था उस झगड़ें ने उनकी जान ही नहीं ली बल्कि उनकी मोहब्बत भी ले ली थी। हमेशा हमेशा के लिए।

***

पति ने अपनी आँखें खोली और पत्नी ने भी। दोनों ने एक-दूसरे को उसी प्रेम से देखा, जिस प्रेम से देखते हुए उन्होंने रात में आँखें मूंदे थी। दोनों ने एक साथ पलकें झपकाई और वो एक सप्ताह जो उन्हें मिला था उस दरमियान में गुजर गया। वो दोनों आमने सामने के बिस्तर पर एक अस्पताल में लेटे हुए थे। वो दोनों अब खतरे से बहुत दूर थे और एक-दूसरे के बहुत करीब।

मिलावट के दौर में किसी भी चीज में शुद्धता की उम्मीद न करें। न प्रेम में, न जिंदगी में और न जहर में।

कुछ ऐसी यन्त्रणाएं हैं जिनके व्याकरण को केवल वे समझ सकते हैं जो उन्हें भुगतते हैं। दूसरों के लिए वह अज्ञात लिपि है।

-निर्मल वर्मा

9

दरिंदगी और बेबसी का कोलाज

सुबह देर तक कमरे का दरवाजा न खुलने पर घरवालों ने जोर-जोर से किवाड़ को पीटा, जोरों से आवाजें लगायीं लेकिन लड़का जो अन्दर सोया हुआ था; नहीं उठा। फिर दरवाजा तोड़ा गया तो लड़का छत से लटका हुआ था, किसी कमजोर सी रस्सी के साथ उसकी आँखें बंद थी, जैसे वो कुछ देखना नहीं चाहती हो या फिर उन्होंने कुछ ज्यादा ही देख लिया हो। कहते है फांसी लगाने वाले की जुबान लटक जाती है लेकिन उसका मुंह बंद था, जुबान जैसे मुंह में हो ही न। उसके चेहरे पर किसी तरह की कोई भावना नहीं थी। घरवाले समझ न सके कि आखिर लड़के ने ऐसा क्यूँ किया। वो जैसा था वैसे ही तो रह रहा था। वो ज्यादा बोलता नहीं था, उसका किसी से झगड़ा भी नहीं होता था। घर के बाहर से कभी उसकी कोई शिकायत नहीं आई थी।

पुलिस आई और उसने लड़के से जुड़ी हर चीज की तफ्तीस की लेकिन कहीं कोई आत्महत्या का कारण पता लगने का सुराग नहीं मिला, न कोई सुसाइड लैटर, न कोई आखिरी नोट, न कोई आखिरी सन्देश। जैसे व यूँही मर जाना चाहता हो लेकिन आखिर कोई यूँही क्यूँ मर जाना चाहता होगा।

***

पहला दिन

यूँही

दुनिया में कुछ चीजें यूँही हो जाती है, उनके होने के पीछे कोई कारण नहीं होता है। जैसे मुझे तुम अच्छी लगने लगी थी, ये भी यूँही हो गया था। मैंने कई बार इस यूँही के होने की वजह जानने की कोशिश की थी, लेकिन कुछ पता नहीं चल पाया था। ये यूँही उस वाले यूँही की तरह यूँही हो गया था, जैसे बरसात के मौसम में बारिश कभी भी यूँही होने लग जाती है, या फिर चिड़िया एक डाल से दूसरी डाल पर यूँही उड़ जाती है, जैसे आँख कभी-कभी यूँही लग जाती है। मुझे ठीक से याद नहीं पड़ता कि तुम मुझे एक साथ से ही इतनी अच्छी लगने लगी थी या फिर ये सब धीरे-धीरे से हुआ था। मैंने तुमको इस बारे में कभी बताया नहीं था लेकिन मुझे मालूम है कि तुमको शायद पता चल ही गया होगा। कुछ बातें भी हमको यूँही पता चल जाती हैं। जैसे मैं कुछ-कुछ चीजें यूँही देख लिया करता हूँ। मैंने तुमसे कभी नहीं पूछा था कि मुझसे दोस्ती करोगी लेकिन हम शायद दोस्त थे वो दोस्ती मैंने तुम्हारी आँखों में देख ली थी। जैसे मैंने देख लिया था कि तुमको मेरे *'तुम मुझे अच्छी लगती हो'* से कोई एतराज न था।

तुम मुझे अच्छी लगती हो के बहुत से कारण थे। मुझे तुम्हारे पास आने पर एक अजीब सी खुशबू महसूस होती थी मैंने कभी किसी इत्र से वैसे खुशबू महसूस नहीं की थी वो शायद तुम्हारी खुशबू थी। तुम जानती हो वो खुशबू मेरे दिमाग में इतनी अन्दर तक घर कर गयी थी के मैं तुम्हें उस खुशबू से भीड़ में भी पहचान सकता था। कुछ चीजें भी हमारे दिमाग में यूँ ही घर कर जाती हैं। जैसे तुम कर गयी थीं। तुमको फ़ोन पर घंटों बातें करने से एतराज था और तुम्हारा घर घंटों होने वाली बात का मौका भी नहीं देता था। हमें बहुत से मौके नहीं मिल पाते हैं जैसे कि मुझे मौका नहीं

मिल पाया था तुम्हारे और करीब होने का। कभी-कभी एहसास की कीमत मौकों से कहीं ज्यादा होती है। दुनिया भर की फिलोसोफी मेरे समझ नहीं आती लेकिन तुम्हें देख लेने भर का एहसास ही मुझे यूँही किसी और चीज की तुलना में ज्यादा प्रिय था।

***

दूसरा दिन

अनकही सी कहानी

मैं तुम्हें बहुत सारी बातें बताना चाहता था, जैसे मैं तुम्हें बताना चाहता था कि बचपन में मेरी एक दोस्त थी, जो मेरे घर के पास ही रहती थी। न तो कभी उसने मुझसे कहा था के हम दोस्त हैं और न मैंने। लेकिन फिर भी हम दोस्त थे। हम और बच्चों की तरह दोपहरी भर छुप्पन छुपायी खेला करते थे। मुझे उसके बगल में छुपना अच्छा लगता था। एक रोज कि वो बात याद करके मेरा गला आज भी घुटने लगता है जब हमारी गली का ही वो आदमी जो दिन भर पान खाया करता था; ने मेरी दोस्त को पुचकार कर पकड़ लिया था। और उसे पास के दगरे में ले गया था। मैं देख सकता था कि उसने मेरी दोस्त की फ्रॉक में हाथ डाला था, मेरी दोस्त रो रही थी और मैं सब घूर रहा था। मैं उस वक़्त चिल्ला-चिल्ला कर सबको इकट्ठा कर लेना चाहता था लेकिन मैं नहीं कर सका। मैं वहां से भाग जाना चाहता था लेकिन मैं नहीं भाग सका। मैं पत्थर मारकर उसका सर फोड़ देना चाहता था, लेकिन मैं नहीं फोड़ सका। मुझे उस दिन का आज तक अफ़सोस है। मैंने तुमको बताया न मैं कुछ चीजें यूँ ही देख लेता हूँ। मैंने देखा जब अपना मन भर लेने के बाद जब वो आदमी मेरी दोस्त को छोड़कर निकला तो उसने जमीन पर अपने मुंह से पान भरी

पीक मारी थी। तब मैं देख सकता था कि वो खून था शायद मेरी दोस्त का खून जो उसने मेरी आँखों के सामने पिया था। मेरी दोस्त बाहर आकर खूब रोई थी और उसके साथ साथ मैं भी। उसने मुझे कहा था कि मैं ये सब किसी को न बताऊँ और जैसे मैंने किसी को नहीं बताया था कि गर्मी कि पिछली छुट्टियों में मेरे मामा ने मेरे साथ क्या किया था। लेकिन मुझे ठीक से याद नहीं पड़ता कि मैंने माँ को वो सब बताया था या नहीं और बताया था तो मैं उनको ठीक से नहीं बता पाया हूँगा। मैंने सिर्फ उनसे इतना ही कहा होगा कि मुझे नानी के यहाँ नहीं रहना और फलां वाले मामा बहुत गंदे हैं। हो सकता है उन्होंने मुझे थप्पड़ मारा, हो सकता है मैं रोने के बाद फिर रो-रोकर सो गया हूँ। हो सकता है।

लेकिन उस दिन के बाद से वो हँसना भूल गयी थी, वो मेरी दोस्त। ठीक उसी तरह जैसे चाँद कभी कभी निकलना भूल जाता है, सूरज कभी कभी डूबना भूल जाता है, नदी अपने किनारे भूल जाती है, माँ अपनी भूख भूल जाती है, पिताजी पैसों की कमी के चलते अक्सर सामान लाना भूल जाते हैं। ये सब कुछ शायद उतना ही साधारण था।

***

तीसरा दिन

मेला और भेड़ियों की कहानी

उस दिन मेले में, मैं तुम्हारे लिए बहुत सारी चीजें खरीद लेना चाहता था, लेकिन मेरे पास उतने पैसे नहीं थे। सैंकड़ों आँखें शायद हमें घूर रही थी उन्हीं आँखों में से कुछ आँखें भेड़ियों की भी रही होंगी जो हमारा पीछा कर रही होंगी। शायद तुमने यूँही उन आँखों को पहचान लिया होगा। मैंने कभी तुम्हारे नाखूनों में नेल पोलिश नहीं देखी थी इसलिए मैं वो खरीद

कर तुम्हें देना चाहता था। तुम शायद जल्दी में थी। जब तुमने मुझे घर तक छोड़ने के लिए कहा था तो मुझे वो अपनी जिंदगी का सबसे खूबसूरत दिन लग रहा था। हवा बहुत कम चल रही थी उस दिन; लेकिन तुम्हारे साथ चलते हुए मुझे खुद के हवा होने का एहसास ही हो रहा था। वो एहसास तब तक रहा जब तक मैं पत्थर नहीं बन गया। और मेरा पत्थर बनना शुरू हुआ था उन तीनों लड़कों के पास आने के बाद। मेरा तुम्हारे साथ होना शायद उन्हें इस बात का अंदेशा दे रहा होगा कि तुम बिलकुल उस तरह की लड़की हो जो नहीं होनी चाहिए। जैसे तुम फ्री हो किसी एक सामान के साथ कुछ दूसरा सामान मुफ्त मिलने के माफिक। उन्होंने जब तुम्हें रोका था, उस वक़्त न तो मैं हवा था और न पत्थर अगर मैं उनमें से एक भी होता तो या तो मैं उन्हें आँधी बनकर उड़ा ले जाता या किसी पहाड़ की तरह उन पर गिर पड़ता। लेकिन मैं उन दोनों अवस्थाओं के बीच का कुछ हिस्सा था जो उन दोनों कामों में से कुछ नहीं कर सकता था। मैं बस उनसे मार खा सकता था, जो कि मैं खा रहा था। जब मैं नीचे पड़ा मार खा रहा था और तुम भाग गयी थी तो यकीन मानों मुझे बहुत ख़ुशी हुयी थी। मैं इतना कमजोर न था। मैं और देर तक उनसे और भी ज्यादा मार खा सकता था और मुझे जरा भी अफ़सोस नहीं होता। काश के तुम थोड़ा और तेज भाग सकती तो वो तुमको फिर से न पकड़ पाते। मैंने तुमको बताया था न कि मैं कुछ चीजें यूँही देख सकता हूँ उस दिन मैंने देखा था एक भेड़िया तुम्हें पकड़ कर वापस खींच लाया था और दो मेरे पेट में लातें मार मार कर मेरे मुंह से खून निकाल रहे थे। वो भेड़ियों मेरे ही सामने तुम्हारे कपड़े उतार रहे थे। भेड़िये सुन नहीं सकते इसलिए उन्हें तुम्हारी चीखें सुनाई नहीं दे रही थी और यक़ीनन उस वक़्त ये पूरी दुनिया एक कब्रिस्तान में बदल गयी होगी जहाँ कोई जिन्दा आदमी नहीं था जो उन आवाजों को सुन सके। लेकिन अगर मुर्दे सुन भी लेते तो वो कुछ कर

नहीं सकते थे क्यूंकि वो सब अपनी कब्रों में दफ़न थे। उस दिन उन्होंने तुम्हारे कपडे नहीं उतारे थे बल्कि मुझे ही नंगा किया था। उस दिन के बाद से मैं खुद को हर नजर के सामने नंगा ही महसूस करता आया हूँ। मैं सच कहूँ तो *मैं उसी दिन मर गया था* वो शायद आखिरी दिन था जब तुमने मुझे जिन्दा देखा था। *हाँ मेरी हत्या कर दी गयी थी।*

***

चौथा दिन

बेबसी की कहानी

सिगरेट, शराब ये सब दुनिया की सबसे सच्ची चीजें हैं। मैं ऐसा इसलिए कह रहा हूँ क्यूंकि भले ही ये आदमी को धीमी मौत देती है या मौत के करीब ले जाती हैं, लेकिन ये चेतावनी देती है कि ये खुद कितनी खतरनाक हो सकती है। यहाँ तक की जहर पर भी हिदायत होती है कि बच्चों की पहुँच से दूर रखें। तो क्या मतलब बड़े उस ज़हर को पी सकते हैं। बड़े और बच्चे सभी किसी न किसी तरह के ज़हर को तो पीते ही हैं। जिंदगी के हादसे क्यूँ चेतावनी नहीं देते वो क्यूँ ऐसे ही दबे छुपे पीछे आ जाते हैं।

बचपन की एक बहुत धुंधली सी बात याद पड़ती है। मेरी माँ ने कभी इस बात का जिक्र नहीं किया था। मेरी दादी मुझे बताती थी मुझे मेरी एक और बहिन के बारे में; जिसे गाँव में सोते हुए भेड़िया उठा ले गया था। ऐसा बताने के बाद वो अक्सर मुझे लिपटा के रोने लगती थी। आज जब उस भेड़िये के बारे में सोचता हूँ तो लगता कि शायद वो भेड़िया उन्हीं भेड़ियों के जैसा होगा।

जब वो भेड़िये अपना पेट भरने के बाद हमारी बेबसी पर हँसते हुए मोटरसाइकिल पर बैठ कर चले गये थे तो उसके बाद तुमने मुझे घर तक छोड़ कर आने के लिए नहीं कहा था और कहती भी क्यूं मैं उस लायक था ही नहीं। मैं फ़ैल हो चुका था, मैं हारा हुआ था, लेकिन मैंने फिर भी तुम्हारे साथ जाना सही समझा था। क़दम आगे बढकर रास्ता तय नहीं करना चाह रहे थे। लेकिन दिल की बस्ती को फिर से कोई लूटेरा लूट सकता था इसलिए रास्ता तो पार करना ही था।

मैं तुम्हारे घर तक आना चाहता था, शायद सबको बताना चाहता था उस ज्यादती के बारे में जो अभी अभी एक त्रासदी की तरह गुजरी थी। लेकिन तुमने अपनी गली के पास आते ही अपने क़दमों में जो तेजी लायी थी, वो तेज़ी मैं अपने क़दमों में नहीं ला पाया था। तुम मुझसे, मेरे साए से दूर जाना चाहती थी और मैंने तुम्हारी अनकही बात मान ली थी।

***

पांचवां दिन

खून की उल्टियाँ और दोस्ती की कहानी

मुझे अपनी कमजोरी का एहसास उसी दिन उसी वक़्त हो गया था, जब मैंने तुम्हारे कंधे पर हाथ रखा था और तुमने उसे झटक दिया था। मैं बहुत कमज़ोर था। मैं डरपोक था लेकिन शायद में कायर नहीं था। मैंने इंतज़ार किया था उस वक़्त का जब तुम उन दरिंदों को सबके सामने लाओगी और उनको उनके किये कि सजा मिलेगी। लेकिन वो दिन नहीं आया। मुझे अपने बचपन की दोस्त की याद आई जिसने वो बात किसी को नहीं बताने को कहा था, मुझे खुद की याद आई, मैंने जो बात अब तक किसी को नहीं बताई, मुझे अपनी उस बहिन की याद आई जिसके बारे में शायद

मेरी माँ को भी नहीं पता था। क्या एक बार वो बात फिर से दब कर रह जाएगी। नहीं इस बार मैं ये सब फिर से बर्दास्त नहीं कर सकता था, यही मेरा फैसला था। मैंने पुलिस के पास जाने की कोशिश की लेकिन सड़क पर निकलते ही मुझे एहसास हुआ कि मैं उस दिन से अब तक नंगा ही हूँ और सैकड़ों आँखें मुझे अजीब तरीक़े से घूर रहीं हैं। लेकिन पुलिस के पास पहुँचने से पहले मुझे फिर वो भेड़िये मिल गये। मैं उनको उस दिन भी पहचानता था और मैंने आज उनको और भी अच्छे से पहचान लिया था। उनमें से एक का नाम दीनानाथ था दूसरे का नेकपाल, तीसरे का नाम में नहीं जानता था। दीनानाथ ट्रक चलाया करता था और नेकपाल उसका हेल्पर था, तीसरा न जाने क्या करता था। ऐसे सभ्य-शरीफ नामों वाले कैसे इतना घिनौना काम कर सकते हैं और दीन और ईमान का नाम रखने वाले लोग खुद भी जानवर हो सकते हैं ये मुझे तब एहसास हुआ। उनमें से तीसरे का भी नाम ऐसा ही कुछ रहा होगा वो उनके जैसा ही कोई काम करता होगा।हालांकि इस बात से कोई फर्क नहीं पड़ता कि उसका नाम और काम क्या था। काम तो आखिर उसने भी उनके जैसा ही किया था।

वो मुझे देख कर हंस रहे थे उनके साथ और भी लड़के थे। वो सब मुझ पर हंस रहे थे। मैं शर्म से कहीं भाग जाना चाहता था, कहीं डूब कर मर जाना चाहता था। लेकिन मैंने भागना ज्यादा सही समझा। मैं भागकर पुलिस के पास जाना चाह रहा था, लेकिन मैं भी तुम्हारी तरह तेज नहीं भाग पाया था और उन्होंने मुझे एक बार फिर पकड़ लिया था। एक बार फिर मैंने खून की उल्टियाँ की थीं। मुझे याद आया कि मेरे बचपन का एक दोस्त था जिसके बाप को 3 खून की उल्टियाँ हुयीं थी और वो मर गए थे। अपने बाप के मरने के बाद वो अक्सर मेरे पास बैठ कर रोता रहता था।

वो बहुत बहादुर था क्यूंकि उसमें सच बताने का साहस था। उसने मुझे कई बार बताया था कि बाप के मरने के बाद उसके घर पर नए-नए अंकल आते रहते हैं और उसके सर पर हाथ फिराने के बाद उसकी माँ के साथ कमरे में बंद हो जाया करते थे। उसकी माँ उन दिनों बहुत खुश रहती थी। उसने मुझे ये भी बताया था कि उसकी माँ किसी दिन किसी के साथ भाग जाएगी। ऐसा उसने खुद अपने कानों से सुना था। लेकिन उसने अपनी माँ को भागने का मौका नहीं दिया और खुद उससे पहले घर से भाग गया। वो न जाने कहाँ भागा था कि जहाँ से अब तक उसकी कोई खबर नहीं आई थी। भाग जाना सचमुच सुकून का काम होता होगा। उसे अपने हिस्से का सुकून मिल गया होगा और मेरे हिस्से का सुकून अभी तक बाकी था। मेरे उन दो दोस्तों के अलावा कोई और ऐसा शख्स नहीं था जिसे में अपना दोस्त कह सकूँ। लेकिन मैं तुम्हें अपना दोस्त समझने लगा था। क्या मैं तुम्हें अब भी अपना दोस्त कह सकता हूँ?

***

छटा दिन

शर्म और बदले की कहानी

मेरी तीसरी खून की उलटी बाकि थी लेकिन मैं मर चुका था। उन्होंने मुझे फिर से बहुत मारा था लेकिन सच कहूँ मुझे बिलकुल भी दर्द महसूस नहीं हुआ था। लेकिन मैं उनकी बेशर्म हंसी सुन रहा था जो मेरे कानों के पर्दों को फाड़े दे रही थी। मैं उनकी पिशाचिक आँखें देख सकता था जो मुझे शर्म से गड़ जाने को मजबूर किये दे रही थी। मैं वापस घर चला आया था।

मैं एक नरक में फंस गया था और मैं उस नरक से बाहर आने को तड़प रहा था। मैं उस तड़प से बाहर आने के लिए तुम्हारे गले लगकर देर तक रोना चाहता था, लेकिन तब से तुम मिली ही नहीं थी मुझे। मैं तुम्हारे गले लगकर रोने के बाद, तुम्हारे गले को अपने हाथों से पकड़ कर दबा देना चाहता था। मैं तुम्हें मार कर मुक्त कर देना चाहता था। मैं तुमसे बदला लेना चाहता था कि आखिर तुम उन दरिंदों को ऐसे ही कैसे जाने दे सकती हो। इससे भी ज्यादा अच्छा होता कि उस दिन वो तुमको और मुझको, हम दोनों को मार ही देते। उन्होंने हम दोनों को नहीं मारा। उन्होंने हमें जिन्दा छोड़ दिया था शायद वो जानते होंगे कि हम कितने बेबस और कितने कायर हैं। हम किसी के सामने शर्म से मुंह नहीं खोल पाएंगे। उन्हें पूरा यकीन होगा। हाँ हाँ बिलकुल होगा। पहले भी ऐसा हुआ ही होगा और पहले भी ऐसे कईयों ने अपना मुंह सीं लिया होगा।

उन भेड़ियों की न कोई रिपोर्ट दर्ज हुयी और न कोई मुकद्दमा चल सका। उनका किया किसी के सामने नहीं आ सका और मैं तुम्हें बचाने में बेबस रहा। उन पर तो न सहीं लेकिन मैंने खुद पर एक केस ठोक दिया था। बचाव पक्ष कमजोर साबित हुआ और मुझे सज़ा एक मौत मुकर्रर हुयी। मैं उन्हें मार न सका, मैं तुम्हें भी मार न सका इसलिए मैंने खुद को मौत देने का फैसला सुनाया। यकीन मानों तुम इसमें बिलकुल भी दोषी नहीं हो। मैं तो उस दिन ही मर चुका था। वैसे भी ऐसे जीने का कोई मतलब नहीं होता है। मैंने खुद के लिए फंदा तैयार कर लिया है और बस मैं इस पर झूलने ही जा रहा हूँ। मरने से पहले मैं बस इतना कबूल करना चाहता हूँ कि मैं तुमसे प्यार करता हूँ।

मुझे ये सब कबूल करने का कोई मौका न मिला और न मैं इसे किसी डायरी में लिख कर छोड़े जा रहा हूँ। अगर कहीं टेलीपेथी नाम की कोई

चीज मौजूद है तो मैं कामना करूँगा के ये सब तुम तक पहुँच जाए क्यूंकि अपने वादे के मुताबिक़ ये सब मैं किसी से कह नहीं सकता। जैसे मैं तुमसे ये भी न कह सका कि मुझे तुमसे प्यार है। दुनिया में प्रेम को लेकर इतनी कहानियां, इतने गीत हैं, मैं तुम्हें कोई भी कहानी या गीत न सुना सका। न मैं प्रेम के आगे की किसी भी सीढ़ी जैसे शादी बच्चे इन सबके बारे में भी सोच पाया। सब मुझे एक कायर और असफल प्रेमी कह सकते हैं। शायद इस कहानी में मुझे तुम्हें अपना बनाने की तमन्ना के बारे में बात देना चाहिए था, शायद तुम्हारे साथ हुए हादसे के बारे में तुम्हे समझा कर न्याय की लड़ाई लड़नी चाहिए थी। लेकिन शायद तुम उस सबके लिए तैयार होती भी या नहीं मुझे इसका जरा भी अंदाजा नहीं है। शायद मेरी इन बातों को बेबुनियाद, काल्पनिक मानकर सिरे से ख़ारिज कर देना चाहिए। भला ये भी कोई कहानी हुयी। लेकिन मेरी सच्चाई यही है कि हम दोनों एक न हो सके और न इस समाज की बुराई से लड़ सके। ऐसे कमजोर प्रेम और प्रेम कहानी के लिए समाज में कोई जगह नहीं है। इस कहानी को मनगढ़ंत मानकर वैसे ही भुला देना चाहिए जैसे मेरी दोस्त, मैंने और मेरे दोस्त ने भुला दिया था। और शायद एक वैसी ही कोशिश तुम्हारी भी रही हो।

मैंने सुना है लोग मरकर भूत बन जाने है और भटकते रहते है अपने अधूरे को पूरा करने के लिए। मैं उम्मीद करता हूँ कि मेरा भूत मेरी तरह कमजोर न हो। और इस समाज के एक-एक ऐसे पिशाच से बदला ले ताकि मेरी रूह को सुकून मिल सके। बाकी आप सभी को पूरा हक है मेरी किसी भी बात पर भरोसा न करने का।

***

सातवाँ दिन

पुलिस इन्क्वायरी की कहानी

सात दिन तक पुलिस को कुछ भी समझ नहीं आया कि आखिर लड़के ने आत्महत्या क्यूँ कि। बड़ी छान बीन के बाद पुलिस को पता चला कि लड़के का फलां लड़की से कोई चक्कर चल रहा था और उसके साथ घूमते हुए कई लोगों ने देखा था। पुलिस जब फलां लड़की से पूछताछ करने के लिए पहुंची तो लड़की ने बताया कि उसकी मौत का कारण खुद वो लड़की है, जो खुद के साथ हुए रेप को बता न सकी। जिसका चश्मदीद गवाह होना उसके लिए जानलेवा साबित हुआ। मगर पुलिस ने उस लड़की गुनहगार नहीं माना। पुलिस ने उन लड़कों के नाम जानने चाहे। कमाल की बात थी कि वो लड़की भी उनमें से एक का नाम जानती थी। पुलिस ने नाम नोट किये और एक-एक करके उन तीनों को हिरासत में ले लिया। मुकद्दमा कायम हो गया है। शायद उनको उनके किये कि सजा भी मिल जाएगी और साथ ही लड़के की आत्मा को सुकून भी।

Man can do what he will, but can not will what he will.

आदमी जो चाहता है, वो कर सकता है, लेकिन वो चाह नहीं सकता कि वो क्या चाहे।

- Arthur Schopenhauer

10

बर्बाद आरज़ू की परी

कहानी तब से शुरू होती है जब उसे कॉलेज से निकले हुए 6 महीने बीत चुके थे। वो पढ़ने में ठीक ही ठाक था, लेकिन कई लड़कों की तरह उसका भी कॉलेज से प्लेसमेंट नहीं हुआ था। वो एक लोअर मिडिल क्लास फॅमिली से था जिसके पिता एक छोटी सी नौकरी से घर चलाया करते थे। वो घर में बड़ा था और बड़ी उम्मीदों से उसे घरवालों ने कलेजा काट कर पढ़ाया था ताकि वो अपने ऊपर जिम्मेदारी लेकर अपने भाई बहनों को पढ़ा सके, उनके शादी ब्याह करवा सके, एक रहने लायक घर बना सके। इसलिए उसे नौकरी तो तलाशनी ही थी। पिछले 6 महीनों से वो इंटरव्यू पे इंटरव्यू दे रहा था, कभी कभी तो दिन में 3-3 इंटरव्यू। अब तक उसने 100 के आस-पास इंटरव्यू दिए मगर कोई उसे नौकरी नहीं दे रहा था। वो दुनिया से खीझ चुका था, वो खुद को तबाह कर लेना चाहता था लेकिन घर की सोच कर उस ख्याल को झिटक देता था। पैसों की तंगी के चलते अक्सर वो अपने सपने खाकर ही सो जाता था। और धीरे-धीरे उसने अपने सारे सपने खा लिए।

रोज की तरह उस दिन भी टाई बांधे, एक बैग उठाये निकला। बैग में उसके रिज्यूम की ढेर सारी कॉपी और सर्टिफिकेट के अलावा कुछ नहीं था लेकिन जिम्मेदारी और उम्मीदों के कारण उसका वजन पहाड़ जितना

भारी हो गया था। उसने जिम्मेदारियों को छोड़ दिया और उम्मीदों को ढेर सारी गालीयां दीं। आज भी रोज वाला काम करना था इंटरव्यू देकर फ़ेल होने वाला काम। इस फ़ेल होने वाले काम ने उसे अब तक रेत के आदमी में तब्दील कर दिया था, अचानक एक अजीब से हुलिये का आदमी आया और रेत के आदमी के हाथों में और भी रेत डालकर चला गया। बस इस बार और इंटरव्यू में फ़ेल होने की खबर मिलने कि देर थी जिसके मिलते ही वो आदमी जमीन पर बिखर जाने वाला था, मगर आज का दिन कुछ अलग था। आज उसका सिलेक्शन नौकरी के लिए ही गया था, अब वो बेरोजगार नहीं था अब उसके भी पास नौकरी थी। उसके ऊपर जैसे बरसात हुयी और उसके बदन की रेत की जगह सीमेंट ने लेली वो अब कठोर हो चुका था अपना काम करने के लिए, फौलाद सा कठोर।

उसके जैसे बेरोजगार को अगर इतने जतन के बाद नौकरी मिले तो वो कुछ भी कर सकता है, मतलब कुछ भी। वो अपना काम इतनी मेहनत और लगन से करने लगा कि हर मुश्किल उसके सामने भाप बनकर उड़ जाती। अपने ऑफिस और कलीग्स के बीच में वो बहुत पोपुलर हो चुका था। उसका बॉस भी उसको बहुत पसंद करता था। धीरे-धीरे उसकी और उसके घरवालों की हालत भी अच्छी होने लगी। उसके माँ-बाप दिन रात दुआएं देते न थकते और भाई-बहिन ख़ुशी से फूले ना समाते।

एक रोज जब वो बहुत खुश था क्यूंकि उसे प्रमोशन और इन्क्रीमेंट दोनों मिला था, उसके दोस्तों ने उस जगह जाने का प्लान बनाया जहाँ हर मर्द जाने की तमन्ना रखता है वो देश जो परियों का है, जहाँ सिर्फ ख़ुशी ही ख़ुशी है। उस देश ने उसका दोनों हाथ खोल कर, गले लगाकर स्वागत किया। देश में हर तरफ सुख आनंद और विलास ही विलास था। उसे ताज्जुब इस बात का था कि वो जगह धरती पर कैसे हो सकती है? वो

स्वर्ग था, देवलोक, जन्नत, बहिश्त! उसके सभी दोस्तों को परियां मिली और उनकी परियां रोज रात को बदल जाती थी लेकिन उसे अपने मन की परी अभी तक नहीं मिली थी वो उसे तीन दिन तक ढूंढ़ता रहा और आख़िरकार वो मिली।

उसका रंग स्वर्ण-कमल सा था, और नाक इतनी तीखी के नज़र भी फिसल जाए, उसके बदन के कटाव को पक्का अजंता को तराशने वाले कारीगर ने ढाला था और उसकी स्लेटी आँखों में कई समुन्दर ठहरे हुए थे। वो हमेशा लड़कों के स्कूल में पढ़ा था और कॉलेज में लड़कियों से हमेशा 6 मील का फासला बनाये रखा था और अब उसके साथ देवकन्या थी-परी थी, ख़ुशी से पागल हो जाना उसके लिए लाजिमी था। परी ने उसके बदन को सहलाया, दबाया उसकी सारी थकान निकाल दी जो सालों से उसके तन-मन-बदन में इकट्ठी हो गयी थी। परी ने उसके लिए मद भरे प्याले बनाये और अपने हाथों से उसके होठों तक पहुँचाने का अंजाम दिया।

आज उसने जाना था कि जन्नत का एहसास क्या है, आज उसे महसूस हुआ कि आदम क्यूँ बहिश्त से ख़ुशी-ख़ुशी हव्वा के साथ जमीन पर आ गए थे। वो भी अपनी परी के लिए किसी भी जहन्नुम में जा सकता है। परी ने उसे बताया कि वो उस जन्नत की नहीं है बल्कि कहीं और से वहाँ लायी गयी थी। परी शादीशुदा थी और उसका पति उसे बहुत मारता-पीटता था और एक रोज तो उसने परी को तलाक देकर मार-मार कर घर से निकाल दिया। उस समय परी के पेट में एक बच्चा भी था जो अब इस दुनिया में नहीं था। उसे आज पता चला की परियां रोती भी है वो भी बेबस होती है, उन्हें भी दुःख और तकलीफ होता है। वो तब भी नहीं रोया था, जब महीनों तक उसने तंगहाली और बेहाली झेली थी लेकिन

आज उससे ये सब देखा नहीं गया, वो फिर से रेत का बन गया और आज वो फूट-फूट कर रोया भी। उसकी आँखों से आंसू के बजाय रेत के गुल्ले झड़ रहे थे।

तीन रात वो परी के साथ रहा। वो एहसास कितना सुखद था बस उस एहसास को पाने के लिए वो किसी भी आग के दरिया में कूद सकता था। आखिरी रात जब वो परी के साथ था तो परी ने उसे बताया कि वो दानवों के यहाँ कर्ज में कैद है और उसकी रिहाई ने लिए एक तयशुदा रकम का इंतजाम करना था बस उसने उसी दिन ठान लिया था कि चाहे जो हो, सड़क के संजू बाबा की तरह वो उसको रिहा करवा कर रहेगा। जब वो उस देश को छोड़ कर आया तो अपने दोस्तों की तरह वो भी रो रहा था लेकिन उस जन्नत में रहने कि एक तयशुदा अवधि थी उससे ज्यादा वो वहां नहीं रह सकते थे।

वापस आने के बाद दिन रात उसकी आँखों में उस परी को वापस लाने का सपना घूमने लगा। दोस्तों ने उसे समझाया कि इस सपने की कोई जिंदगी नहीं है, परी दूसरे देश-दुनिया की है वो इस दुनिया में नहीं रह पायेगी और यहाँ के कमीनाते लोग भी उसे जीने नहीं देंगे। अगर वो तानों से नहीं मरे तो उनके पास और भी वहशी तरीके हैं। लेकिन उसने किसी की नहीं सुनी, जो दोस्त उसे ज्यादा समझाते वो उससे कटने लगा। सबसे छुपते-छुपाते वो कभी-कभी परी से बात कर लेता और उसे भरोसा दिलाता कि जल्दी ही वो उसे लेने आएगा। कभी-कभी परी के खाते में वो रकम जमा करवा देता जिससे दानव उसकी परी को परेशान न करें। लेकिन वो सब कमतर था। अपने खर्चों में कटौती करके और कुछ सेविंग्स करके वो तकरीवन दो से तीन साल में उतना पैसा जमा करवा सकता था। लेकिन उसे परी की बहुत याद आती थी और परी भी उसे

बहुत याद करती थी। वो इतने दिन तक इंतज़ार नहीं कर सकता था और उसे डर भी था कि कहीं परी को उससे पहले कोई और न आज़ाद करा दे तो कहीं परी उसके साथ न चली जाए। उसे क्विक मनी चाहिए थी लेकिन उसका कोई बंदोबस्त नहीं था।

बचत करना ही एक रास्ता था लेकिन वो अपनी शराब जो वो अब रोज पीने लगा था उससे वो समझौता नहीं कर सकता था नहीं तो वो परी की याद में ही मर जाता। शराब से कम से कम वो काबू में रहता था। एक रोज एक बार में बैठे-बैठे उसे पता चला कि एक आईपीएल ही है जिससे वो जल्द से जल्द पैसा जुगाड़ सकता है। अब उसे अपनी जोया को एक बेहतर जिंदगी देने का रास्ता नज़र आने लगा था।

उस अनजाने रास्ते पर वो अपनी मंजिल तय करने की तरफ बढ़ने लगा। उस रस्ते पे कांटे थे, बड़े-बड़े नागफनी के कांटे, सांप थे, बिच्छू थे, बरसते पत्थर थे, बड़े-बड़े दांतों वाले दानव थे लेकिन उसे किसी की परवाह नहीं थी जीतने की चाहत में वो हर रोज हारता जा रहा था और अपनी परी से दिन पर दिन दूर होता जा रहा था। परी जब उसे फ़ोन करती तो उसके पास कोई जबाब नहीं होता था। उसके फ़ोन रखने के बाद भी उसकी सिसकियाँ उसके कानों में शोर करती रहती थीं।

उन सिसकियों के शोर से कानों को बचाने के लिए उसके दोस्त ने उसे बाबा जी की बूटी लाकर दी, बूटी पीकर उसके सारे रोग, सारी व्याधियां हर दु:ख सब जैसे ख़तम हो जाता और उसे लड़ने की नयी हिम्मत मिल जाती और उसी हिम्मत के चलते एक रोज उसका दांव सही बैठ गया मगर वो रकम काफी न थी उसकी सारी जरूरतों को पूरा करने के लिए। घर की अपनी अलग जरूरतें और परेशानियाँ थी। भाई का एडमिशन करवाना था, बहिन की फीस भरनी थी, बारिश आ गयी थी घर चू रहा

था उसकी मरम्मत करवानी थी, पिताजी का इलाज चल ही रहा था, उसका भी खर्चा था। उसकी प्यास इस कदर बढ़ चुकी थी की शायद तेज़ाब से ही बुझ पाती। उसके पास अब इतनी सारी परेशानियाँ हो गयी थी कि उनसे लड़ने के बाद काम करने की ना तो ताक़त रहती और न नीयत। उसका बॉस अब उसे खा जाने वाली कातर नज़रों से देखा करता। मीटिंग दर मीटिंग उसकी परफॉरमेंस कमजोर होती जा रही थी और फिर उसे एक रोज 1 हफ्ते की वार्निंग दे दी गयी कि अगर वो अपनी मायावी दुनिया से बाहर आकर सही से काम नहीं कर सकता तो अपना सामान पैक कर ले।

कल उसके हफ्ते का आखिरी दिन था। उम्मीदों और जिम्मेदारियों ने उसे फिर से घेर लिया इस बार उसने उम्मीदों को छोड दिया और जिम्मेदारियों को गाली दी। अपनी उम्मीद को और बड़ा करके उसने बड़ा दांव खेला, बहुत बड़ा दांव जिसके लगने पर उसकी सारी कलेशें ख़तम हो जाती। समय उसके लिए रेत घड़ी सा हो रहा था जिसका रेत जम चुका हो। हर पल के साथ उसकी बेचैनियाँ बढती जा रही थी।

‘आशिकी सब्र-तलब और तमन्ना बेताब दिल का क्या रंफ करूँ खून-ए-जिगर होने तक’

इधर हर एक गेंद के साथ रोमांच बढ़ता जा रहा था, पत्ते ठीक वैसे ही गिर रहे थे जैसे उसने बिछाने चाहे थे। सब सही चल रहा था और बाबा जी की बूटी भी। फिर माहौल बदला। और उसके विकेट उखड़ने लगे। बदन ढीला लगने पर उसने पेग बनाने के लिए बोतल खोली मगर उससे खोलते ही उसमें से उसकी मां जिन्न की तरह बाहर आई उसने सबसे पहले पूछा कि तू कैसा है और खाना खाया कि नहीं? उसने मां को बहुत प्यार से टहला दिया। फिर मां ने उसे याद दिलाया कि उसके भाई-बहन

की फीस बहुत लेट होती जा रही है और पापा को एक आँख से दिखना भी बंद हो गया है। डॉक्टर ने जल्दी ऑपरेशन करने के लिए बोला है उसने माँ को दिलासा दिया और गिलास खाली कर दिया। गिलास खाली करने के बाद उसका एक और विकेट गिरा मगर उसकी उम्मीदों की रस्सी में अभी जोर बाकी था। आज वो सब सुध बुध खोता जा रहा था। बूटी का असर इतना तेज़ था कि सब स्लो मोशन में हो चला था और आवाजें पूरे जोर पर, इतने जोर पर कि वो अपने उँगलियों के बीच लिपटी पत्तियों के जलने की आवाज भी सुन सकता था।

कमरे में घचाघच धुआं भर उठा था, लड़खड़ाते हुए उसने खिड़की खोली और उसकी परी उड़ती उसके सीने से आ लगी। परी ने उसके गालों को चूमा और उसे याद दिलाया कि दानवों से रिहा होने के लिए उसे जल्दी रकम का इंतजाम करना होगा और धाड़ से एक और विकेट गिरा, उसने परी को एक तरफ झिटका और उसकी परी गिर कर राख का ढेर बन गयी थी। ये आखिरी विकेट था अब वो खुद बेटिंग के लिए उतरा। वैसे तो उसमें बेइंतिहा ताक़त थी और हर गेंद को छक्के में बदल कर स्टेडियम के बाहर कर सकता था। मगर उम्मीदों और जिम्मेदारियों के बोझ के चलते उसकी आँखें भीग गयी थी और कंधे झुक गए थे अब बड़ी हिट मारना आसान नहीं था। हार के बाद वाले डर से उसकी रीढ़ की हड्डी में सिहरन हो उठी। उसने उम्मीदों और जिम्मेदारियों दोनों को जोरदार गालियां दी। ग्लब्स और हेलमेट पहनने की वजह से वो ठीक से सिगरेट नहीं पी पा रहा था किसी तरह से उसने एक और जोरदार पफ खींचा और गेंद का इंतज़ार करने लगा। गेंद शोर्ट पिच थी और एक छक्के की दरकार। उसने उम्मीदों और जिम्मेदारिओं का पूरा वजन अपने हाथों में लेकर बहुत तेज हिट किया...पता नहीं पलकों से पसीना गिरा था या आंसू वो

ठीक से देख नहीं पाया और गेंद ने बल्ले को नहीं छुआ बल्ला वहीँ गिर गया था वो...वो हवा में उड़ता जा रहा था सीधे स्टेडियम के बाहर की ओर। उसने पूरी ताक़त से पलकें खोल कर देखा उसका विकेट जमीन पर पड़ा था और वो हवा में उड़ता हुआ स्टेडियम के बाहर जा रहा था। वो जीवन के सारे मैच हार चुका था, उम्मीदों के, जिम्मेदारिओं के, खुद के वजूद के और प्रेम के भी।

प्रेम चीजों को बरबाद करने का अच्छा माध्यम है।

अव्वल आखर आप नू जाणां, न कोई दूजा होर पछाणां मैंथों होर न कोई स्याना, बुल्ला शौह खड़ा है कौन बुल्ला की जाना मैं कौन।

-बुल्ले शाह

11

फकीर

अपुन ना बचपन से ही एकदम अलग है बोले तो स्पेशल। अपुन बाकी दुनिया के लोगों टाइप नहीं है। मेरे न पूरे शरीर में हर टाइम ऐसे झन-झन-झन-झन होते रहता है। बहुत लोग को ऐसा फील होने को मांगता है। ऐसा फील करने के वास्ते लोग नशा करता है, लेकिन अपन ऐसा मजा हर टाइम फील करता रहता है। धूप-ठंडी-बरसात ये सब अपुन पे असर नहीं करती। अपुन के पास कुछ भी नहीं है; एक दम फकीर टाइप रहता है अपुन। अपने को इसका कोई वांदा नहीं है। अपन चाहे तो जो कर सकता है। ऊपर वाला अपने को ऐसी शक्तियां दे के भेजा है कि अपुन दुनिया पलटा सकता है। बोले तो घर-गाड़ी-बंगला ऐसा चुटकी में पैदा कर सकता है, एकदम जिन्न का माफिक। पईसे का क्या है ये मेरे पीछे ढेर लगा पड़ा है पईसेका।

कभी-कभी जब अपुन का मन करता है तो इसी पैसे में आग लगाकर उसका होली जलता देखता रहता है। ये सब अपुन के लिए कुछ नहीं है, अपुन फकीर आदमी अपने लिए तो ये सब मिट्टी के माफिक है रे। लेकिन अपुन देता है, सबको देता है। जो अपने पास अपना दुखड़ा लेके आता है, उसको बहुत कुछ देता है। अपना ये सब शक्ति दूसरे लोग के सेवा के लिए ही है।

अभी कुछ रोज पहले का ही बात है एक लड़का आयेला था अपने पास, एक दम थकेले के माफिक। उसको काम धंधे का तलाश था अपुन उसको लगा दिया काम पे। हँसते-हँसते गया था वो। एक रोज एक गली के छोकरा के पीछे पिशाच लोग पड़े थे एक दम उसको पकड़ के चीर फाड़ कर डालने वाले थे। लेकिन अपुन उधर ही था अपुन बचाया उस छोकरे को। उसको उधर ही उन पिशाच लोग की आँख के सामने से ऐसा गायब कर दिया कि वो ऐसा पागल के माफिक उसको यहाँ वहां ढूंढते रहे लेकिन उनको घंटा कुछ नहीं मिला। अपुन चाहता तो सबका उधर इच्च वाट लगा सकता था लेकिन अपुन सबका भला चाहने वाला आदमी इस लिए जाने दिया उन लोग को। उन के जाने के बाद वो छोकरा भी चला गया, अपने को ऐसा थैंक्स भी नहीं बोला। ये दुनिया ऐसीच है। ऐसे साला जब परेशानी में फंसते तो ऊपर वाले के आगे ऐसा भीख मांगते रहते के देवा रे देवा बचा ले रे लेकिन जैसे ही साला काम पूरा हुआ निकल लेते साले सब मक्कार लोग, सब भूल जाते कौन तुम्हारे साथ अच्छा किया कौन तुम्हारा भला किया नहीं सोचते ये साले लोग। ये दुनिया बहुत कुत्ती चीज है।

अपुन एक दम अकेला है इस दुनिया में। अपना न कोई सगा, न सम्बन्धी, न यार, न दोस्त लेकिन अपुन सबके वास्ते है इधर। अपुन यहीं बैठा-बैठा दुनिया भर का चुतियापा देखता रहिता है। जब कभी अपने को जरुरत लगता है तो आगे बढ़कर मदद कर देता है। लेकिन साला आगे बढ़कर मदद करने से भी लोग तुम्हारा बारे में अच्छा नहीं सोचते। एक रोज अपुन ने देखा कि एक लड़की के सर पर मौत नाच रही थी। काले साए वाले यमदूत ऐसे उसके आजू-बाजू चल रहे थे। जिधर को वो जा रही थी वहां पहुँचते ही वो दोनों यमदूत उसका गला पकड़ के उसके प्राण निकालने

वाले थे। मैं गया उधर मैं जाके पहले लकड़ी को रोका उधर जाने से। लेकिन वो लड़की समझी नहीं और उलटा अपुन को ऐसा हुल देने लगी। फिर भी अपुन उसके आजू वाले यमदूत के सामने गया और उसको भागने का इशारा किया, फिर उसके बाजू वाले यमदूत को भी बोला के भाग जा इधर से लड़की को छोड के, नहीं तो दोनों को ऐसा हवा के माफ़िक पी जायेगा। वो दोनों भागे। मैं फिर लड़की के सामने जाके खड़ा हो गया ताकि वो आगे न जाए नहीं तो वो दोनों लुक्खे उसको फिर से दबोच लेंते। मैं उसको बोलने वाला था मैडम थैंक यू बोलो अपुन को तुम्हारा जान बचायेला है अपुन लेकिन वो रुकी नहीं। और थैंक यू तो दूर वो अपने को उल्टा-सीधा बड़बड़ाते हुए वापस चली गयी जैसे मैं उसका कोई नुक्सान कर दिया हो। जो जैसा सोचे ठीक है अपुन को क्या अपुन अपना काम कर दिया किसी का मदद करके।

ऊपर वाला अपने को बना के ही इसी वास्ते को भेजा कि जा बेटा जा लोगों के काम आ। अपुन के पास हमेशा से ही ऐसी ताक़त, ऐसी शक्तियां नहीं थी। ये सब थोड़ा-थोड़ा था पहिले। फिर मेरे को ऊपर वाले ने बताया कि ऐसा-ऐसा करने से तेरा शक्तियां बढ़ेंगा। फिर उसी के बताये तरीके से सारा-सारा दिन सारी-सारी रात अपुन ध्यान-साधना में बैठा रहता। सालों-साल लगा अपुन को इस आज का माफिक बनने में। जब अपना शक्तियां जागृत हुआ तब अपुन का शक्तियां 100 गुना बढ़ गयेला था।

अपुन ने अक्खा लाइफ में बहुत लोगों का मदद किया, बहुत कुछ बाँटा लोगों को घर, कपड़ा, गाड़ी, नौकरी, छोकरी, रुपया, पैसा, जमीन जायदाद लेकिन कोई-कोई अपुन को भी देके जाता था। ऐसा लोग मेरे को बड़ा अच्छा लगता है। अभी कुछ रोज पहले का बात है मेरे को ठीक से दिन याद नहीं पड़ रेला है, एक आदमी आयेला और मेरे को सेब-

केला संतरा खाने को दिया। मालूम तुमको ऐसे लोग दिल के बड़े साफ़ होतें हैं मेरा मन हुआ कि उसको बहुत कुछ दे डालूं लेकिन ऐसा लगता जैसे उसको कुछ चईए ही नहीं था। मैंने एक बोरा भरकर नोट उसको दिए लेकिन वो नहीं लिया। मैं फिर भी एक मुट्ठी नोट निकाल कर दिया लेकिन वो खुद्दार आदमी बड़ी मुश्किल से एक ही नोट लिया और हंसकर चला गया। अच्छा आदमी था अगर मेरे पास रुकता तो मैं उसको अपनी शक्तियां दे डालता। क्या है न कि ऐसा आदमी आगे बढ़के लोगों का मदद करता है उसके पास ही ऐसी शक्तियाँ होनी चाहिए।

वैसे तो अपना घर ये पूरी दुनिया इच है लेकिन अपुन रहता यहीं सड़क के आस पास है। इधर ही घूमता रहिता है। यहाँ से मैं देखता रहता है ये नया-नया छोकरा लोग नशा करता रहता है। थिनर सूंघता है, कफ़ सिरप पीता है, चरस, भांग, गाँजा सब करता है। ऐसा सब बेचने वाला लोग मेरे सामने पड़ जाए तो मैं उनको उधर ईच भस्म कर दूँ। साला ये लोग पूरा का पूरा नस्ल ही ख़राब कर दिया है। वैसे तो नशा ख़राब चीज है लेकिन कभी कभी जब अपुन को कहीं से कोई ऑफर करता है तो मैं भी ले लेता है। न न मैं आदि नहीं ये सब चीज का बताया था न अपुन को इस सब का कोई जरुरत ही नहीं है अपुन ऐसे ही इतना मस्ती मैं घूमता रहता है लेकिन कोई प्यार से देता है तो मैं उसको मना नहीं करता। अभी कल ही एक लड़का क्रासिंग के बाजू में सिगेरट फूंकता हुआ मिला मेरे को वो अपना सिगरेट दिया लेकिन मैं किसी का झूठा नहीं लेता फिर वो दूसरी सिगेरट मेरे को दिया और खुद से जलाया। अपुन भी जला के ऐसे हीरो के माफिक लम्बा कश छोड़ा आहा अपुन को अच्छा लगा। फिर अपुन ने उसको खुश होकर अपनी जेब से निकाल कर के एक मणि दे दिया। वो मणि उस दिन सुबह ही पड़ा मिला था, जब अपुन सो के उठा था। मैं

बोला न ऊपर वाला अपने को बहुत चीज से नवाजा है वो ऐसे ही कुछ भी ऐसा बेशकीमती सामान मेरे सामने छोड़ता रहता है। अपुन सब रख तो लेता है लेकिन किसी न किसी को दे देता है। ये सब चीज अपुन के किस काम का?

वो मणि उस लड़के के बहुत काम आने वाली थी इसलिए मैं उसको दिया। लड़का फ़ोन पे बात कर रहा था इसलिए कुछ बोला तो नहीं लेकिन हंस कर रख लिया। मैं सिगरेट पीते हुए उधर से निकल आया। अपना तो काम ही है भला करो और भूल जाओ। अपना दुनिया ऐसे ही चलने का है बॉस। ऐसा कितना किस्सा है अपुन के पास अपुन अब क्या-क्या सुनाएगा। इसलिए टाइम खोटी नको करने का रे बाबा। आप भी जाओ अपना काम करो। लोगों का भला करो ऊपर वाला सब देखता है तुम्हारा भी भला करेगा वो बहुत बरकत देंगा। चलो अपन अभी चलता है, अभी अपन को सड़क पार करके मंडी तरफ जाना है फिर मिलते हैं।

***

मेरा नाम अभिषेक है। कॉलेज से ग्रेजुएट होने के बाद मैंने बहुत जगह नौकरी तलाश की लेकिन हर बार मुझे इंटरव्यू से बाहर कर दिया जाता। काम धंधा करने के लिए मेरे पास पैसे नहीं थे और नौकरी मेरा आखिरी सहारा थी। पापा अचानक से लकवे का शिकार हो गये थे और घर की जिम्मेदारी अब मेरे ही ऊपर थी। मुझे घर चलाने और पापा के इलाज के लिए पैसों की सख्त जरुरत थी। उस दिन अगर मुझे नौकरी न मिलती तो मैं सचमुच किसी बस या ट्रेन के नीचे आकर आत्महत्या कर लेता।

मुझे वो दिन अच्छी तरह से याद है, मैं रोज की तरह घर से इंटरव्यू देने के लिए निकला था। मैं बस स्टॉप पर बस का इंतज़ार कर रहा था। वहां पास

ही में मैंने एक अजीब से आदमी को देखा जिसके बाल और दाड़ी बड़े-बड़े थे। उसने एक पुराना कोट पहना रखा था और पैरो में स्पोर्ट्स शूज। वो मेरी तरफ घूर कर देख रहा रहा और मैं भी उसको घूरने लगा। वो मेरे पास आया और अपनी जेब से एक मुठ्टी भर रेत निकाली और मेरे हाथ को खुद से खींचकर हथेली पर रखकर चला गया। मुझे कुछ समझ में ही नहीं आया कि कौन था वो और ऐसा क्यों कर के गया था। मैंने मुठ्टी बंद की तो रेत फिसलकर कतरा-कतरा मेरी मुट्ठी से गिर रही थी मानों मेरा समय ही फिसल कर गिरता जा रहा हो। तभी मेरी बस आई और मैं हथेली की धूल झाड़कर बस में चढ़ गया। उस दिन मैं कुछ ज्यादा ही कॉंफिडेंट था वो शायद मेरा आखिरी इंटरव्यू था अगर मैं फ़ैल हो जाता तो मैं भी रेत की तरह बिखर जाता। मैं इंटरव्यूअर्स के सारे सवालों के जबाब दिए जा रहा था। तभी एक ने मुझे बेतरतीब सा सवाल पूछा कि अंडे को जमीन पर गिराए और वो टूटे नहीं ऐसा कैसे होगा? मैंने फटाक से कहा कि जमीन रेतीली होगी तो नहीं टूटेगा। बस उस दिन मुझे नौकरी मिल गयी। तब मुझे उस फकीर की बात समझ आई थी। वो मुझे नौकरी बक्षने ही आया था। करिश्मे अब भी होते हैं और करिश्माई लोग भी। मैंने खुद अपनी आँखों से देखा है।

***

अपुन का नाम कटिंग हैं। अभी अपुन मात्र चौदह साल का है लेकिन इधर का बेस्ट पॉकेट मार है। मेरे हाथ में इतना सफाई है कि भिडू लोग को समझ ही नहीं आता है कि कब अपुन उनके पिछवाड़े के नीचे से चड्डी उतार के ले जाता है। सुल्तान भाई बोलता है मैं एक दिन बहुत बड़ा आदमी बनेगा।

सुल्तान भाई के जितने भी पलटन लोग है मैं उनमें सबसे बेस्ट है। पॉकेट काटना बड़ी सफाई का काम है। एक दम सर्जन के माफिक हाथ चलाना पड़ता है। जरा हाथ यहाँ से वहां हुआ नहीं कि दूसरी नस कट जाती है और गेम ऑवर। सुल्तान भाई सिखाया है जब कभी हाथ थोड़ा यहाँ वहां स्लिप हो और पकड़े जाने वाले हो तो वैसी कंडीशन में सिर्फ भागने का ही भिडू नहीं तो जिन्दा रहने के वांदे हो जायेंगे।

एक बार ऐसे ही झोल हो गया था और अपुन बाल-बाल बचा। एक आदमी का बटुआ पार करते टाइम थोड़ा लापरवाही हुआ और दूसरे आदमी ने देख लिया और शोर मचा दिया। अपुन की थोड़ी फटी जरुर लेकिन अपुन ने ज्यादा लोड नहीं लिया उधर से कट लिया और ऐसा राकिट के माफिक भागा। लेकिन वो साला भड़वे लोग अपुन का पीछा करने लगे। अपुन भागते-भागते दूर निकल आया लेकिन साले अभी मेरे पिछु ही लगेले थे। मैंने देखा एक भिखारी सड़क पर पड़ा हुआ है और उसके पीछे कागज भीगज का ऐसा बड़ा ढेर लगेला है। अपुन को कुछ नहीं सूझा और ज्यादा देर तक अपुन भाग भी नहीं पाता इसलिए अपुन उस कागज़ के ढेर में घुसकर छुप गया। वो साले लुक्खे लोग आये और मेरे को यहाँ वहां ढूँढने लगे। उस भिखारी को भी पूछा लेकिन वो साला शायद गूंगा था कुछ नहीं बोला। जब वो लोग चले गये तब अपुन चुपके से निकला लेकिन उस दिन अपुन कसम खायेला बाप के छोटा-मोटा मुर्गी नहीं मारने का है बड़ा हाथ मारो, तैयारी से और आराम से बैठ कर कुछ दिन खाओ। तब से अपुन सिर्फ बड़ा-बड़ा हाथ मारता है और वो भी पूरा गेम सेट करने के बाद। कभी आओ इस तरफ तुमको मैं एस्पेसल डेमो देगा। अच्छा अभी अपुन चलता है वो सामने जो सेठ निकला है न

बैंक से उसका बैग अपने को पार करने का है। पलटन के दूसरे छोकरे भी अपुन का वेट कर रेला है ओके बाय।

***

हाय मेरा नाम रौशनी है। आज मैं आपको इत्तेफाकन प्यार की कहानी सुनाने वाली हूँ जो की मेरी अपनी है। मेरी शादी को छह महीने हो चुके है और मैं अपने पति के साथ बहुत खुश हूँ। हमारी पहली मुलाकात कैसे हुयी थी वो बड़ा इंटरेस्टिंग है। प्यार आपको कब कहाँ किस तरह मिल जाए ये सब आपकी सोच से परे है।

मैं ऐसे ही एक दिन किसी काम से घर से निकली हुयी थी। उस दिन मैं शायद कुछ हड़बड़ी में थी। मैं किसी सोच में डूबी चली जा रही थी कि अचानक से मेरे सामने एक पागल कूद कर आ गया। उसका हुलिया बड़ा डरावना था, बड़े बड़े बाल और दाड़ी और आँखें ऐसी लाल और जैसे बाहर गिरने को तैयार हो। उसके जूतों में फीते नहीं थे बल्कि उसने सूतली से उनको बाँध रखा था। उसमें से अजीब सी बू आ रही थी। और वो मुझे मुंह फाड़ के ऐसे घूर रहा था जैसे की मुझे चबा जायेगा। मैं अन्दर से तो बहुत डर गयी थी लेकिन दिन का वक़्त था मैंने हिम्मत दिखाई और उसके बाजू से गुजरने की कोशिश की तो वो कूद कर मेरे दाहिने बाजू आ गया। मैंने जब बाएं तरफ से निकलने की कोशिश की तो वो फिर से कूद कर बायीं तरफ आ गया। और अजीब सी आवाज निकलने लगा। आस-पास सड़क पर लोग चल तो रहे थे लेकिन सब अपनी ही हड़बड़ी में थे वैसे भी शहरों में कहाँ किसी के पास वक़्त है कि रूककर किसी की मदद करें। मैंने भी अपना टाइम वेस्ट न करने का सोचा और उस पागल से पीछा छुड़ाने के लिए वहां से पीछे हट गयी और घूम कर दूसरे रस्ते से जाने का सोचा। जब मैं दूसरे रस्ते से जा रही थी तो मैंने देखा एक छोटा

सा पपी जिसको शायद दूसरे कुत्तों ने घायल कर दिया था फुटपाथ पर पड़ा दर्द से चिल्ला रहा था और उसके खून भी बह रहा था। मेरे से वो देखा नहीं गया और मैंने उसे हॉस्पिटल ले जाने का सोचा लेकिन वहां टैक्सी मिल ही नहीं रही थी और कोई अपनी गाड़ी रोके क्यूँ। और किसके पास फुर्सत है ये सब करने की। लिफ्ट मांगने के चक्कर में मैं गाड़ी के नीचे आने से भी बची लेकिन जिस गाड़ी के नीचे आने से मैं बची उसी गाड़ी से सजल उतरे।

उन्होंने मुझे उस पपी को डॉक्टर के पास ले जाने में मदद की क्यूंकि वो भी पैट लवर थे और फिर पपी का इलाज करवाने के बाद मुझे घर वापस भी छोड़ा। इस बहाने से हम दोनों मिले और फिर धीरे-धीरे हमारी दोस्ती हुयी और दोस्ती प्यार में बदली फिर हमारी शादी हुयी और आज हम दोनों बहुत खुश हैं। ब्रूनो भी हमारे साथ बहुत खुश है। यू नो ब्रूनो, अरे वोही पपी जिसकी वजह से हम लोग मिले थे। थैंक यू ब्रूनो।

***

आज मेरी बेटी शादी के बाद घर से विदा हो गयी। मन भारी है लेकिन एक सुकून सा है, कि मैंने अपनी बेटी को अच्छे घर में बियाह के विदा किया। हिंदुस्तान में अगर किसी मिडिल क्लास आदमी के घर बेटी हो जाए तो उसका बाप उसके पैदा होने के दिन से ही उसके दहेज़ की चिंता में घुलने लगता है। मैंने इसकी चिंता नहीं कि थी और अपनी बेटी को पढ़ाया लिखाया। आज कल पढ़ाई कितनी मंहगी हो गयी है इसका तो आपको अंदाजा होगा ही। खैर बेटी पढ़ लिख ली बड़ी भी हो गयी लेकिन शादी करनी थी और शादी के लिए लड़की के बाप को पैसा भी जुटाना पड़ता है। लेकिन मेरे पास पैसों का कोई इंतजाम नहीं था। बैंक में लोन के लिए एप्लाई किया था लेकिन रिक्वेस्ट रिजेक्ट हो गयी। फिर एक

दोस्त से उम्मीद लगायी थी और उसने मेरी मदद करने का वादा भी किया।

एक दिन उसके ही घर गया इसी उम्मीद से की शायद कुछ मदद हो। खाली हाथ जाना सही नहीं समझा तो मैंने कुछ फल ले लिए थे लेकिन मेरा दोस्त जिसने मुझे मिलने का टाइम दे रखा था मुझे बिना बताए, बिना मेरी मदद किए इंडिया से बाहर घूमने चला गया था और उसके नौकर ने बताया की वो 20-25 दिन में लौटेगा। मुझे बहुत निराशा हो रही थी समझ नहीं आ रहा था कि पैसों का इंतजाम कहाँ से होगा। निराशा से डूबा हुआ मैं पैदल ही घर की तरफ जा रहा था कि मुझे एक आदमी मिला उसका हुलिया और कपड़े बता रहे थे कि वो पैदाइशी भिखारी नहीं है शायद दिमागी रूप से व्यथित था। मैंने फलों से भरा हुआ थैला उसे ये सोच का पकड़ा दिया कि भूखा होगा खा लेगा। उसने वो ले भी लिया। जब मैं चलने को हुआ तो मुझे रुकने का इशारा करके वो एक तरफ भाग कर गया वहां पीछे की तरफ कुछ ढेर सा लगा था। वो एक बोरे में भरकर कागजों का ढेर ले आया और मुझे देने लगा। मैंने बोरे में झांककर देखा तो उसमें लाटरी की पुरानी टिकटें थी। तब तक गवर्नमेंट लाटरी बैन कर चुकी थी और ये पुरानी लाटरी यहाँ-वहां बिखरी पड़ी रहती थी। उसनें न जाने क्या सोच कर वो ढेर इकट्ठा कर रखा था। शायद उसे लगता होगा कि वो नोट हैं और मुझे फलों के बदले में नोटो से भरा हुआ बोरा दे रहा था। मुझे उसकी मासूमियत पर हंसी आई और वो बोरा लेने से मना कर दिया। फिर उसने एक मुट्ठी भरकर वो लाटरी की टिकटें निकाली और मुझे देने लगा। उसकी श्रृद्धा देखकर दिल पसीज उठा था इसलिए मैंने उसकी बात रखने के लिए उसकी मुट्ठी से एक टिकट ले ली और वहां से चला

आया। मैं चला तो आया लेकिन कहते हैं न कि भला करो तो भला होता है। ऐसे लोगों की दुआओं में बरकत होती है।

मैं घर पहुंचा तो पता चला कि मेरी एक जमीन जिसकी कोड़ियों के भाव कीमत थी हाइवे के बीच में फंस जाने के कारण उसकी कीमत बहुत बढ़ गयी है और तो और बैंक ने भी मेरी लोन की अर्जी एक्सेप्ट कर ली थी। अब मेरी ख़ुशी का कोई ठिकाना नहीं था। मैं अब अपनी बच्ची की शादी धूमधाम से कर सकता था। ये मेरी बच्ची की किस्मत थी या फिर उस फकीर का आशीर्वाद ये मैं आज तक नहीं समझ पाया लेकिन देने वाला जब भी देता है छप्पर फाड़ के देता है, ये मुझे समझ आ गया था।

***

आदमी का वक़्त बदलते देर नहीं लगती है। जिंदगी आप को क्या-क्या न दिखा दे आपको इसकी भनक भी नहीं होती है। अब मुझे ही देख लीजिये मेरी उम्र ही क्या है मात्र 28 साल। अभी तो मैंने जवानी की दहलीज पर कदम रखा ही था जिंदगी का लुत्फ़ उठाने का वक़्त आया और मैं एक झटके में कहाँ से कहाँ पहुँच गया।

वो दिन बड़ा ही अजीब दिन था अब मैं कम से कम उसे मनहूस दिन तो नहीं कह सकता हूँ। उस दिन मैं अपने रूम पार्टनर का वेट करते हुए सिग्नल पर सिगरेट पी रहा था कि तभी न जाने कहाँ से एक पागल आदमी आया और मेरी तरफ घूरने लगा। मैंने मजाक में अपनी सिगरेट उसकी तरफ बढ़ा दी लेकिन उसने ना में सर हिलाया फिर मैंने अपने पैकेट से दूसरी सिगरेट उसे दी तो उसने उचक कर लेली। अब वो लाइटर के इंतज़ार में खड़ा था तो मैंने हँसते हुए उसकी सिगरेट भी जला दी। वो शायद बड़ा खुश हुआ और खुश होकर अपनी जेब से एक पैकेट निकाल

कर मेरे हाथ पर रख दिया। मुझे वो पैकेट देख कर बड़ी हंसी आई। वो एक अनयूज्ड प्रेगनेंसी टेस्ट किट थी। पता नहीं उस पागल को वो कहाँ से मिल गयी थी और वो न जाने उसे क्यूँ लेकर घूम रहा था और घूम भी रहा था तो मुझे क्यूँ दिया मैं उसका क्या करता पता नहीं?

मैंने भी वो रख ली और वहां से चला आया। घर आकर मुझे न जाने क्या मस्ती सूझी कि मैंने उस किट को फाड़कर अपना यूरीन टेस्ट किया और मजे की बात जानते हैं आप? मेरा टेस्ट पॉजिटिव आया। जब मैंने ये पूरी बात अपने रूम पार्टनर को बताई तो वो और मैं हंस-हंस के दोहरे हो गये। मेरे रूम पार्टनर को और भी मस्ती सूझी उसने चुपके से उस किट का फोटो जिसमें मेरा रिजल्ट पॉजिटिव था उसको फ़ेसबुक पर अपलोड करके मुझे टैग कर दिया और लिख दिया कि Happy Moments my best friend Manish is going to be a mother very soon. Don't believe?...see the test result..its positive. Yeah!!!

अब मस्ती मस्ती में उस पिक पर लाइक और कमेन्ट आने शुरू हो गये और वो धीरे-धीरे वायरल हो गया। मैंने उस दोस्त से बहुत कहा कि उसको डिलीट कर दे लेकिन जो दोस्त कमीना न हो वो दोस्त ही क्या? फिर उस पोस्ट पर किसी डॉक्टर की नजर पड़ी तो उसने कमेंट किया *Please Take it serious. It could be the sign of testicle cancer!*

पहले तो हमने उसे हलके में लिया फिर कई डॉक्टर्स ने उसी तरह का कमेंट कर टेस्ट करने की सलाह दी। ये हमारे लिए अलार्मिंग था। जब मैंने टेस्ट करवाए तो वो अंदेशा सही साबित हुआ। मुझे टेस्टिकल कैंसर था। अब मेरी सर्जरी हो चुकी है। मेरी बोल्स को निकाल दिया गया है अब मैं

पूरी तरह से मर्द तो नहीं हूँ लेकिन आज मैं जिन्दा हूँ। डॉक्टरों ने बताया था कि अगर हम कुछ दिन और देर करते तो शायद मेरी जान नहीं बच पाती। इस सब के बाद मैंने उस फकीर बाबा को ढूंढने की बहुत कोशिश की लेकिन वो मुझे नहीं मिला। लोगों से बात करने पर पता चला कि वो सड़क पार करते समय किसी गाड़ी के नीचे आने की वजह से इस दुनिया में नहीं रहा। सुनकर बहुत दुःख हुआ वो फकीर जो भी था मेरे लिए देवता था। उसके हाथों में देवत्व था। आज मेरी ये जिंदगी उसी की दी हुयी है। भगवान आपसे किस रूप में मिल जाएं ये हम कभी नहीं समझ सकते।

लोग उसका नाम भी बता रहे थे सब लोग उसे कहते थे, 'बिच्छी'। क्या आप उससे कभी मिले हैं?

www.ingramcontent.com/pod-product-compliance
Lightning Source LLC
LaVergne TN
LVHW061613070526
838199LV00078B/7268
9789356212961